이상 씨, 봄이 그렇게 좋아요?

이상 씨, 봄이 그렇게 좋아요?

성재림 엮음

루이앤휴잇

꽃향기 가득한 문인들의 봄 이야기

"동백 숲은 바닷바람에 수런거린다. 동백꽃은 해안선을 가득 메우고도 군집으로서의 현란한 힘을 이루지 않는다. 동백은 한 송이의 개별자로서 제각기 피어나고, 제각기 떨어진다. 동백은 떨어져 죽을 때 주접스런 꼴을 보이지 않는다. 절정에 도달한 그 꽃은, 마치 백제가 무너지듯이, 절정에서 문득 추락해버린다. '눈물처럼 후드득' 떨어져버린다."

소설가 김훈이 그의 책 《자전거 여행》에서 동백꽃에 대해 묘사한 글이다. 그는 꽃이 피는 모양을 나무가 몸속의 꽃을 밖으로 밀어내는 것이라고 했다. 이를 테면, 산수유는 어른거리는 꽃의 그림자로 피어난다고 했고, 목련 꽃은 자의식에 가득 찬 존재의 중량감을 과시하면서 한사코 하늘을 향해 봉우리를 추켜올린다고 표현했다. 이렇듯 봄을 묘사한 그의 글은 화려하게 만개한 봄꽃만큼이나 화사하고 아름답다.

다시, 봄이다. 춥고, 무기력했던 겨울이 가고, 희망의 봄이 다시 온 것이다. 봄은 설렘이다, 그리움이다, 기쁨이다. 그것은 남녀노소라고 해서 다르지 않다. 봄은 사랑하는 연인과도 같은 계절이기 때문이다. 생각해보라, 우리가 사랑하는 사람을 처음 만났을 때를. 얼마나 가슴이 설레고 기쁨에 행복했는가.

이제 곧 노란 개나리를 시작으로 분홍 진달래와 하얀 벚꽃이 흐드러지게 피어날 것이다. 또 나무마다 연녹색 새순이 잠에서 깨어나 파란 하늘을 향해 움틀 것이다. 겨우내 움츠렸던 가슴을 활짝 펴고 따스한 햇볕을 듬뿍 안아보자. 긴 기다림 끝에 찾아오는 봄은 언제나 그랬듯이 희망과 기쁨, 사랑, 설렘의 언어를 우리에게 전해준다. 침묵은 물러나고, 그 자리에 생기를 머금은 설렘과 기쁨, 희망의 목소리가 여기저기서 들려온다. 또 겨우내 쌓였던 티끌이 사라진 자리에서는 생명의 호흡이 가빠지기 시작한다.

그래서일까. 봄이 되면 누구나 시인이 되고, 에세이스트가 된다. 새롭게 약동하는 자연의 매력에 흠뻑 빠진 나머지 자신만의 글을 통해 그것을 묘사하고 추억으로 남기고 싶은 충동에 사로잡히기 때문이다. 이는 글쓰기를 직업으로 삼는 문인들이라고 해서 다르지 않았다. 그들 역시 맑고 투명한 언어를 통해 봄을 맞는 기쁨과 설렘, 그리움을 수많은 작품 속에 담았다.

이 책에는 이상, 김유정, 이태준, 이효석, 채만식 등 우리 문단의 내로라하는 작가들이 공들여 쓴 봄 이야기가 활짝 피어있다. 작가 특유의 재치와 발랄함을 동원해 소설처럼 매우 재미있게 쓴 봄에 관한 추억이 있는가 하면, 간략하고 압축된 언어를 통해 마치 시처럼 봄을 맞는 기쁨과 설렘을 표현한 글도 다수 있다.

때로는 그리움에 눈시울이 붉어지기도 하고, 또 때로는 이야기를 풀어가는 재치와 발랄함에 미소가 저절로 지어질 것이다. 하지만 어느 것 하나 여운이 남지 않는 것이 없다. 이에 그들이 들려주는 이야기에 귀를 기울이다 보면 적지 않은 감동에 빠지리라.

문인들의 꽃 냄새 가득한 아름다운 봄 이야기가 봄과 사랑을 그리워하는 모든 이에게 좋은 선물이자 뜻깊은 추억이 되었으면 한다. 아울러 이 책을 읽는 모든 사람의 봄이 봄꽃처럼 화려하고 아름답게 피어나길 기대한다.

— 봄을 앞두고

〈추천시〉

봄은 왔노라

겨울의 괴로움에 살던 인생은 기다릴 수 있었다

마음이 아프고 세월은 가도 우리는 3월을 기다렸노라.

… (중략) …

슬프게 피로시키던 겨울은

울음소리와 함께 그치고

단조로운 소녀의

노래와도 같이

그립던 평화의 날과도 같이

인생의 새로운 봄은 왔노라.

-박인환, 〈봄은 왔노라〉 중에서

프롤로그 | 꽃향기 가득한 문인들의 봄 이야기

Part 1 4월 어느 봄날의 추억

서망율도(西望栗島)__이 상   014

보험 없는 화재__이 상   018

단지(斷指)한 처녀__이 상   022

차생윤회(此生輪廻)__이 상   026

공지(空地)에서 __ 이 상   030

도회의 인심__이 상   034

골동벽(骨董癖)__이 상   039

동심행렬(童心行列)__이 상   043

잎이 푸르러 가시던 님이__김유정   048

봄이 왔다____여운형   052

봄을 보장한다__채만식   055

봄__채만식   062

자전거 드라이브__채만식   065

담요__최서해   070

5월의 산골짜기__김유정   077

우리 소__이광수   084

뻐꾸기와 그 애__이광수   094

Part 2 꽃이 핀다, 그리움이 터진다

봄을 맞는 우리 집 창문 __ 강경애   102

입춘을 맞으며 __ 최서해   107

봄을 맞는다 __ 최서해   109

성동도(城東途) __ 최서해   111

춘심(春心) __ 김영랑   115

봄을 기다리는 마음 __ 박용철   119

봄이다! 봄이다! 소리 높여 노래하자 __ 방정환   124

봄! 봄! 봄! __ 방정환   127

봄에 가장 사랑하는 꽃 __ 방정환   129

가혹할 줄 모르는 그리운 봄빛 __ 채만식   131

봄과 여자와 __ 채만식   133

5월의 가두 풍경(街頭風景) __ 채만식   135

청란몽 __ 이육사   137

진달래 __ 계용묵   141

사연(思燕) __ 계용묵   144

청공의 서(書) __ 노자영   148

노인과 꽃 __ 정지용   150

우이동의 봄을 찾다__차상찬 153

봄은 어디 오나__이태준 161

복사꽃__이태준 163

수목__이태준 165

봄과 나__김남천 170

얼마나 자랐을까, 내 고향의 라일락__김남천 171

산나물__노천명 176

목련__노천명 180

한식(寒食)__노천명 182

5월의 구상__노천명 184

마음에 남는 풍경__이효석 187

한식일(寒食日)__이효석 190

에돔의 포도송이__이효석 193

거리에서 만난 여자__현진건 195

원저자 소개

긴 기다림 끝에 찾아오는 봄은 언제나 그랬듯이 희망과 기쁨, 사랑, 설렘의 언어를 우리에게 전해준다. 침묵은 물러나고, 그 자리에 생기를 머금은 설렘과 기쁨, 희망의 목소리가 여기저기서 들려온다. 또 겨우내 쌓였던 티끌이 사라진 자리에서는 생명의 호흡이 가빠지기 시작한다.

라일락숲에

내젊은꿈이나비같이앉은정오

계절의여왕오월의푸른여신앞에

내가웬일로무색하고외롭구나

밀물처럼가슴속밀려드는것을

어찌하는수없어

눈은먼데하늘을본다

긴담을끼고외진길을걸으면

생각은무지개로핀다.

＿노천명, 〈푸른 오월〉 중에서

Part 1 4월 어느 봄날의 추억

서망율도 西望栗島

_이 상

　삼동(三冬, 겨울의 석 달. 즉, 한겨울)에 배꽃이 피었다는 동네에는 마른 나무에 까마귀가 간수처럼 앉아 있을 뿐이었다.

　비탈에서는 적톳빛 죄수들이 적토를 헐어 낸다. 느끼하니 냄새를 풍기는 진창길에 발만 성가시게 적시고 그만 갈 바를 잃었다.

　강으로나 가볼까. 울면서 수채화를 그리던 바위 위에서 나는 도(度, 도수) 없는 안경알을 닦았다. 바위 아래 갈피를 잡지 못하는 3월 강물이 충충하다(맑거나 산뜻하지 못하고 흐림). 시원찮은 볕이 들었다 났다 하는 밤섬을 서(西)에 두고 역청(瀝靑, 흑갈색)을 풀어 놓은 것 같은 물결을 나는 몇 번이나 몇 번이나 내려다보았다.

　향방(鄕邦)의 풍토는 모발 같아

건드리면 새빨개진다.

갯가(물가의 가장자리)에서 짐 푸는 소리가 한가하다. 개흙 묻은 장작더미 곁에서 낮닭이 겨웁고, 배들은 다 돛폭을 내렸다. 벌써 내려놓은 빨랫방망이 소리가 얼마 만에야 그도 등 뒤에서 들려왔다. 나는 별안간 사람이 그리워졌다.

갯가에서 한 집 목로(木壚, 널빤지로 좁고 기다랗게 만든 상을 놓고 술을 파는 선술집)를 들렀다. 손(손님)이 없다.

무명조개 껍데기가 너덧 석쇠 놓인 화롯가에 헤뜨려져(쌓이거나 모인 물건이 흩어 짐) 있을 뿐. 목로 뒷방에서 아주머니가 인사 없이 나온다. 손 베어질 것 같은 소복에 반지는 끼지 않았다.

얼큰한 달래 나물에 한 잔 술을 마시며 나는 목로 위에 싸늘한 성모(聖母)를 느꼈다. 아픈 혈족의 '저'를 느꼈다.

향방의 풍토는
모발 같아
건드리면
새빨개진다.

그러고 나서는
혈족이 저물도록

내 아픈 데가 닿아서

부드러운 구두 속에서도

일마다 아리다.

밤섬이 싹을 틔우려나 보다. 걸핏하면 뺨 얻어맞는 눈에 강 건너 일판(한 지역 모두)이 그냥 노오랗게 헝클어져서는 흐늑흐늑(나뭇가지나 머리카락 따위의 얇고 긴 물체가 자꾸 느리고 부드럽게 흔들리는 모양)해 보인다.

— 1936년 3월 《조광》

* 서망율도(西望栗島) ― '春郊七頭' 즉, '봄날의 일곱 가지 교외 풍경'이라는 《조광》의 기획 산문 중 하나로, 여의도 근처에 있던 밤섬을 바라보며 쓴 글이다. 따라서 '서망율도'란 제목은 '서쪽의 밤섬을 바라보며'란 뜻으로 해석할 수 있다. 밤섬이란 이름은 섬의 모양이 마치 밤알을 까놓은 것처럼 생긴 데서 비롯되었으며, 수십 리의 백사장이 절경을 이루었을 만큼 자연경관이 아름다웠다. 하지만 1968년 여의도 개발로 인해 섬이 폭파되었고, 주민들은 모두 떠났다.

보험 없는 화재

_이 상

격장(隔墻, 담 넘어)에서 불이 났다. 흐린 하늘에 눈발이 성기게 날리면서 화염은 오적어(烏賊魚, 오징어) 모양으로 덩어리 먹을 퍽퍽 토한다. 많은 약품을 취급하는 큰 공장이란다. 거대한 불더미 속에서는 간헐적으로 재채기하듯이 색다른 연기 뭉텅이가 내뿜긴다. 약품이 폭발하나 보다.

역(亦, 또한) 송구스러운 말이나 불구경 싫어하는 사람은 없는 것 같다. 뒤꼍으로 돌아가서 팔짱을 끼고 서서 턱살 밑으로 달려드는 화광(火光, 불빛)을 쳐다보고 서 있자니, 얼굴이 후끈후끈해 들어오는 것이 꽤 할 만하다. 잠시 황홀한 엑스타제 속에 놀아본다.

불을 붙여놓고 보니까 뜻밖에 너무도 엉성한 그 공장 바라크(Barrack, 가건물)는 삽시간에 불길에 휘감겨 버렸다. 그 휘말린 혓바닥이 인접한 게 딱지 같은 빈민굴을 향해 널름거리기 시작해서야 겨우 소방대가 달려왔다. 인제 정말 재미있다, 삼방(三方, 세 방면)으로 호—스를 들이대고는 빈민 굴 지붕 위에 올라서서 야단들이다. 하릴없이 깝친다(신이 나서 몸이나 몸 일부를 자꾸 방정맞게 움직이는 모양).

이만큼 떨어져서 얼굴이 뜨거워 못 견디겠으니 거친 화염 속에 들어서 다시피 바싹 다가선 소방대는 어지간하다면서 여전히 점점 더 사나워지는 훈훈한 불길을 쬐고 있자니까, 인제는 게서(거기서) 더는 못 견디겠는지 호—스 꼭지를 쥔 채 지붕에서 뛰어 내려온다. 그러면 그렇지, 하고 그 실오라기만도 못한 물줄기를 업신여기자니까, 이번에는 호—스를 화염 쪽에서 돌려서 잇닿은 빈민굴을 막 축이기 시작한다. 이미 화염에 굴뚝 빨래 널어놓은 장대를 그슬리기 시작한 집들은 세간 기명(器皿, 살림살이에 쓰는 여러 가지 기구)을 끌어내느라 허겁지겁 야단법석이더니, 결국 헐어내기 시작한다.

타는 것에서 손을 떼고, 성한 집을 헐어내는 이유는 심한 서북풍에 화염의 진로를 차단하자는 속셈일 것이다. 그러나 아직 불은 붙지도 않았는데 덮어놓고, 헐리고, 물을 끼얹고 해서 세간 기명을 그냥 엉망으로 만들어버렸다. 빈민굴 주민들로 보면 이보다 더 억울한 일은 없을 것이다.

하도(아주, 몹시) 들이 몰리고 내몰리면서 좁은 골목 안에서 복작(많은 사람이 좁은 곳에 모여 수선스럽게 들끓는 모양)질을 치기에 좀 내다보니까 삼층장 · 의걸이(위는 옷을 걸 수 있고, 아래는 반닫이로 된 장) · 양푼 · 납세 독촉장 · 바이올린 · 여우 목도리 · 다 해진 돗자리 · 단장 스파이크 · 구두 · 구공탄 · 풍로 등 이따위 나부랭이가 장이 서다시피 내쌓였다. 그중 이부자리는 물벼락을 맞아서 이미 결딴난 것이 보기에도 사납다.

그제야 여기까지 타들어 오려나보다 하고 선뜩 겁이 난다. 그래, 집으로 얼른 들어가 보니 어머니가 덜—덜— 떨면서 때 묻은 이불 보퉁이를 뭉쳤다 끌렀다 하면서 갈팡질팡하신다. 문득, 코웃음이 나오는 것을 참으면서—그건 그렇게 싸서 어디다 내놓을 작정이십니까?—하고 묻는다. 생각해보면, 남의 셋방 신세니 불에 다 탄대야 집 한 채 탄 것의 몇 분의 일도 못되리라.

불길은 인제 서향 유리창에 환—하다. 타려나 보다. 타면 탔지 하는 일종 비유하기 어려운 허무한 생각에서 다시 뒤꼍으로 돌아가서 불구경을 계속한다.

그동안에도 만일 불이 정말 이 일대를 소진하고야 말 작정이라면 제일 먼저 꺼내 와야 할 것이 무엇일까를 생각하여 보았다. 그러나 아무것도 선뜻 떠오르는 게 없다. 그럼, 다 타도 좋다는 심리인가. 아마 그런 게다.

어머니는 그 다 떨어진 포대기와 빈대로 들끓는 반닫이(앞의 위쪽 절반이 문짝으로 되어 아래로 젖혀 여닫게 된, 궤 모양의 가구)가 무한히 아까운 모양이다. 또 저 걸레 나부랭이를 길에 내놓았다가 그것들을 줄레줄레 들고 찾아갈 곳이 있나, 그것도 생각해봤으나 그 역시 없다. 일가 혹은 친구—내 한 몸뚱이 같으면 몰라도 이 때 묻은 가족을 일시에 말없이 수용해줄 곳은 암만해도 없는 것이다.

불행히 불은 예까지 오기 전에 꺼졌다. 그 좋은 불구경이 너무 하잘것없이 끝난 것도 섭섭했지만, 그와 달리 무엇이라고 형언할 수 없는 적막을 느꼈다.

들자니, 공장은 화재보험을 든 덕분에 일 파운드짜리 알코올 병 하나 꺼내 놓지 않고도 수만 원의 보상을 받으리라고 한다. 화재보험 ── 참 이 것은, 어떤 종류의 고마운 하느님보다도 훨씬 더 고마운 하느님이 틀림없다.

어머니는 어찌 되든지 간에 그때 마음 같아서는 "빌어먹을! 몽땅 다 타 버리지" 하고 실없이 심술이 났다. 재산도 걸레 조각도 없는 알몸뚱이가 한번 되어 보고 싶었던 게다. 물론 '화재보험 하느님'이 내게 아무런 보상도 줄 바는 아니지만······.

── 1936년 3월 3일 《매일신보》〈조춘점묘〉 제1편

* 조춘점묘(早春點描) ── '이른 봄에 도회의 풍경을 내려다보며 생각한 것을 그림처럼 표현한 것'을 말하는 것으로, 1936년 3월 3일~26일까지 총 7회에 걸쳐 《매일신보》에 연재되었다. 이를 통해 이상은 인간 사이의 정(情)보다는 물질에 대한 지나친 소유욕과 그 가치가 지배하는 각박한 도시 문명을 비판하고 있다.

단지(斷指)한 처녀

_이 상

들판이나 나무에 핀 꽃을 똑 꺾어본 일이 없다. 그건 야생 것을 더 귀하다고 한답시고 해서 그런 게 아니라 대체가 성격이 비겁하게 생겨먹은 탓이다. 못 꺾는 축보다는 서슴지 않고 꺾을 수 있는 사람이 역시—매사에 잔인하다는 소리를 듣는 수는 있겠지만—영단(英斷, 지혜롭고 용기 있는 결단)이란 우수한 성격적 무기를 가진 게 아닌가 한다.

끝엣누이(막내여동생) 동무 되는 새색시가 그 어머니 임종에 왼손 무명지(약손가락. 다섯 손가락 가운데 넷째 손가락을 말함)를 끊었다. 과연 동양 도덕의 최고 수준을 건드렸다고 해서 무슨 상인지 돈 삼 원을 탔단다. 세월이 세월 같으면 번듯한 홍문(紅文, 궁전이나 왕릉 등에 있는 붉게 칠한 문)이 서야 할 계제에 돈 삼 원이란 어떤 도량형법으로 산출한 액수인지는 알 바 없거니와 그보다도 잠간 이 단지한 새색시 자신이 되어 생각을 해보니 소름이 끼친다. 사뭇 식도(食刀, 식칼)로다 한 번 찍어 안 찍히는 것을 두 번 찍고, 세 번 찍고, 열 번 찍어 안 넘어가는 나무가 없다는 격으로 기어이 찍어 떨어뜨 렸다니, 그 하늘이 동할 효성도 효성이지만, 우선 이 끔찍끔찍한 잔인성 은 상상만 해도 몸서리가 치고도 오히려 남음이 있다. 이렇게 해서 더러 죽은 어머니를 살리는 수가 있다니, 그것을 의학이 어떻게 교묘하게 설 명해 줄진 모르나 도무지 신화 이상의 신화다.

원체 동양 도덕으로는 신체발부에 창이(瘡痍, 상처)를 내는 것은 엄중히 취췌(금지)한다고 과문(過聞, 지나칠 정도로 많이 들음)이 들어왔거늘, 그럼 이 무 시무시한 훼상(毁傷)을 왈, 그중에도 으뜸이라는 효도의 극치로 대접하 는 역설적 이론의 근거를 찾기 어렵다. 따라서 무슨 물질적인 문화에 그 저 맹종하자는 것이 아니라 시대와 생활 시스템의 변천을 좇아서 거기 에 따르는, 역시 새로운, 즉 이 시대와 이 생활에 준구(準矩, 근거)되는 적확 한 윤리적 척도가 생겨야 할 것이 아니라 의식적으로 입법해내야 할 것 이다.

단지(斷指, 예전에, 가족의 병이 위중할 때, 병을 낫게 하기 위해 피를 내어 먹이려고 자기 손가 락을 자르거나 깨물던 일) ― 이 너무도 독한 도덕 행위는 오늘 우리가 짊어지고 있는 어떤 종류의 생활 시스템이나 사상적 프로그램으로 재어보아도 일 종의 무지한 야만적 사실임을 부정하기 어려운 외에 아무 취할 것이 없 다. 알아보니까, 학교도 변변히 못 가본 규중처녀라니, 물론 학교에서 언 어 배운 것은 아니겠고, 그렇다면 ― 어른들의 호랑이 담배 먹는 옛이야 기나, 그렇지 않으면 울긋불긋한 각설이 떼의 효자충신전이 틔워준 것임이 틀림없을 것이다. 그 밖에는 손가락을 잘라서 죽는 부모를 살릴 수 있다는 가엾은 효법(孝法)을 이 새색시에게 여실히 가르쳐줄 수 있을 만한 길이 없다. 아ㅡ전설의 힘의 이렇듯 큼이여.

그러자 수삼일 전에 이 새색시를 보았다. 어머니를 잃은 크나큰 슬픔이 만면에 형언할 수 없는 추색을 빚어내는 새색시의 인상은 독하기는커녕 어디 한 군데 흠 잡을 데조차 없는 가련하고 온순한, 그야말로 하디(토머스 하디, 영국의 소설가)의 '테스' 같은 소녀였다. 누이는 그냥 제 일처럼 붙들고 울고 하는 곁에서 단지에 대한 그런 아포리즘(aphorism, 금언 · 격언 · 경구처럼 삶의 교훈 등을 간결하게 표현한 글)과는 다른 감격과 슬픔을 느끼지 않을 수 없었다. 기적으로 상처는 도지지도 않고 그냥 아물었으니 하늘이 무심치 않다고 생각했다.

여하간, 이 양(羊)이나 다름없이 부드럽게 생긴 소녀가 제 손가락을 넓적한 식도로다 데격 찍어 내었다는 것은 꿈에도 생각할 수 없다. 다만, 그의 가련한 무지와 가중한 전통이 이 새색시에게 어머니를 잃고, 자기는 평생 불구자가 되게 한 이중의 비극을 낳게 한 것이다.

극구 칭찬하는 어머니와 누이에게 억제하지 못할 슬픔은 슬쩍 감추고 일부러 코웃음을 치고ㅡ여자란 대개가 도무지 잔인하게 생겨 먹었습니다. 밤낮으로 고기도 썰고, 두부도 썰고, 생선 대가리도 죽이고, 나물도 뜯고, 버들가지를 꺾어서는 피리도 만들고, 피륙도 찢고, 버선감도 싹둑싹둑 썰어내고, 허구한 날 하는 일이 일일이 잔인하기 짝이 없는 것뿐이니, 아따 제 손가락 하나쯤은 비웃(생선) 한 마리 토막 치는 셈만 치면 찍히지—하고 흘려버린 것은 물론 기변이요, 속으로는 역시 그 갸륵한 지성과 범키 어려운 일편단심에 아파하지 않을 수 없었고, 존경하는 마음으로 하여 머리 수그리지 않을 수 없었다.

불행히 시대에서 비켜선 지고(至高)한 효녀 그 새색시! 그래, 돈 삼 원에다 어느 신문 사회면 저 아래에 칼표 딱지만 한 우메구사(短新, 단신)를 장만해준 것밖에 무엇이 소저(小姐, 아가씨)의 적막해진 무명지 억울한 사정을 가로맡아 줍디까. 당신을 공경하면서 오히려 '단지'를 미워하는 심사 저 뒤에는 아주 근본적으로 미워해야 할 무엇이 가로놓여 있는 것을 소저 그대는 꿈에도 모르리라.

—1936년 3월 5일 《매일신보》 〈조춘점묘〉 제2편

* 단지(斷指)한 처녀 — 어머니의 임종에 자기의 무명지를 끊어 피를 흘려 넣어주고 효행상을 탄 어느 소녀의 이야기에 관한 감상을 적은 글로 '효'라는 이데올로기가 어린 소녀에게 얼마나 끔찍하게 작용하는가를 비판적 시각에서 바라보고 있다. 이와 함께 시대와 생활상의 변화에 따라 윤리의 척도 역시 변해야 함을 강력하게 주장하고 있다.

차생윤회(此生輪廻)

_이 상

　길을 걷노라면 '저런 인간일랑 좀 죽어 없어졌으면' 하고 골이 벌컥 날 만큼, 이 세상에 살아 있지 않아도 좋을, 산댔자 되레 가지가지 해독이나 끼치는 것밖에 재주가 없는 인생들을 더러 보곤 한다.

　일전(日前, 며칠 전)에 영화 〈죄와 벌〉에서 얻어들은 '초인법률초월론(超人法律超越論)'이라는 게 뭔지는 모르지만 진보한 인류 우생학적 위치에서 보자면, 가령 유전성이 확실히 있는 불치의 난병자(難病者, 난치병을 앓는 사람), 광인, 주정(酒精, 알코올) 중독자, 유전의 위험이 없어도 접촉 혹은 공기 전염이 꼭 되는 악저(惡疽, 흉한 종기)의 유자(有子), 또 도무지 어떻게도 손을 댈 수도 없는 절대 걸인 등은 다 자진해서 죽든지 그렇지 않으면 모종의 권력으로 일조일석(一朝一夕, 하루 아침, 하루 저녁이란 뜻으로, 매우 짧은 시간을 말함)에 깨끗이 소탕하는 게 옳을 것이다. 극흉 극악의 범죄인 역시 그 종자를 절

멸시켜야 옳다. 그런데 이것만은 현행 법률이 잘 행사해준다. 그러나—법률에 대한 어려운 이론을 알 바 없거니와— 물론 충분한 증거와 함께 범죄 사실이 노현(露顯, 겉으로 드러남)한 경우에 한해서이다.

영화 〈프랑켄슈타인〉에 나오는 지상 최고의 흉악한 용모의 소유자가 여기에도 있다면 그 흉리(胸裏, 마음에 품고 있는 생각이나 느낌)에는 어떤 극악의 범죄 계획을 내함(內含, 안에 숨기고 있음)하고 있다 하더라도, 다만 그의 그 용모 골상이 흉악하다는 이유만으로는 법률이 그에게 판재(判裁, 법정에서 판결을 내림)나 처리를 할 수는 없으리라. 그런 경우에 법률은 미행(尾行)을 붙여서 차라리 그 자의 범죄 현장을 탐탐(耽耽, 위엄 있게 주시함)히 기다릴 것이다. 의아한 자는 벌하지 않는다니 그럴 법하다.

그러나 또 생각해 보면 걸인도 없고, 병자도 없고, 범죄인도 없는, 하여간 오늘 우리 눈에 거슬리는 온갖 것이 다 깨끗이 사라져 버린 타작마당 같은 말쑥한 세상은, 만일 그런 것이 지상에 실현할 수 있다면, 지상은 그야말로 심심하기 짝이 없는 권태 그것과도 같은 세상일 것이다. 그로 인해 자선가의 허영심도 채울 길이 없을 것이며, 의사도, 변호사도, 아니 재판소도, 온갖 것이 모두 소용(所用, 쓸 곳 또는 쓰이는 바)이 없어질 것이고, 따라서 그날이 그날 같을 것이니, 이래서야 참, 정말 속수무책으로, 바야흐로 할 일이 없어질 것이다. 이런 춘풍태탕(春風駘蕩, 봄 경치가 화창하고 한가로운 모양)한 세월 속에서 어쩌다가 우연히 부스럼이라도 좀 나는 사람이 하나 있다면 참괴(慙愧, 부끄러움)를 이기지 못하여 천하 만민 앞에서 아주 깨끗하게 일신을 자결할 것이고, 또 그런 세상의 도덕이 그러기를 무언중에

요구해 놓아둘 것이다.

그게 겁이 나서 그런지는 모르지만, 천하의 어떤 우생학자도, 초인법률초월론자도 행정가에 대하여 정말 이 '살아 있지 않아도 좋을 인간들'의 일제(一齊, 여럿이 한꺼번에)한 학살을 제안하거나 요구하지는 않나 보다. 혹 그런 일이 전대(前代, 지나간 시대)에는 더러 있었는지는 모르지만, 일찍이 한 번도 이런 대영단적(大英斷的, 지혜롭고 용기 있는 큰 결단을 띰)우생학을 실천한 행정가는 없지 않았나 싶다. 없을 뿐만 아니라 나환자사구금(救救金)이니, 빈민구제 기관이니, 시료병실(施療病室, 실험 · 검사 · 분석 등을 위해 만든 병실)이니 해서, 어쨌든 이네들의 생명에 대하여 아무런 위협도 가하지 않을 뿐 아니라, 한편 그윽이 보호하는 기색 또한 무르녹는다. 가령, 종로에서 전차를 기다리자면 '나리 한 푼 줍쇼!' 하고 달려든다. 더러는 준다. 그중에는 '내 십 전 줄 테니, 다시는 거지 노릇 하지 마라'고 한 부인이 있다니, 구복(拘腹, 배를 잡고 웃음)할 일이다. 또 점두(店頭, 가게 앞)에 그 호화 장려한 풍모로 나타나서 '한 푼 줍쇼!' 소리를 될 수 있는 대로 듣기 싫게 연발하는 인간에게도 불성문(不成文, 묻지 않음)으로 한 푼 주어 보내기로 되어 있다. 그래서 암암리에 사람들은 이 지상의 암(癌)을 잘 기를 뿐만 아니라 은연히 엄호하기조차 한다. 이 또한 눈에 띄지 않는 모순이다.

즉, 그런 그다지 많지 않은, 그러나 절대 적지 않은 한 층(層)을 길러서 이쪽이 제 생활의 어떤 원동력을 거기서 얻자는 것인지도 모른다. 목숨이 끊어지지 않을 만큼만 먹여 살려서는 그런 것이 역연(歷然, 분명하고 또렷한)히 지상에 있다는 것을 사실로 지적해서는 제 삶의 가치와 레이션데

틀(존재 이유)를 교만하게 긍정하자는 기획일 것이다. 그러면서 부절히 이악저로 하여 고통과 협위(脅威, 위협)를 느끼는 중에 '네놈이 어디 나 같은 인간이 될 수 있나 보자.' 라는 형언할 수 없는 어떤 투쟁심을 흉중에 축적해서는 '저게 겨우내 안 죽고 또 살아.' 하는 의외에도 생활의 원동력을 급취(汲取, 빨아들여서 가짐)하자는 것일 거다.

하루 종로를 오르내리는 동안에 세 번 적선을 베푼 일이 있다. 파(破) 기록적 사실임이 틀림없다. 한 푼 받아들고 연이어 고개를 끄덕이고 꽁무니를 빼는 꼴을 보면서 '네놈 덕에 내가 사람 노릇 하는 것이다. 알기나 아니?' 하고 심히 궁한 허영심 고소(苦笑, 쓴웃음)를 지었다. 나 자신 역시 지상에서 살 자격이 그리 없다는 것을 가끔 느끼는 까닭이다. 그러나 다음 순간, '나를 먹여 살리는 내 바로 상부구조가 또 이렇게 만족해하겠지!' 하고 소름이 연(聯, 계속됨) 쫙 끼쳤다. 이에 나 역시 어떤 점잖은 이들의 허영심과 생활 원동력을 제공하기 위하여 꾸멀꾸멀하는 '거지적 존재'구나 라는 생각에, 눈의 불이 번쩍 나지 않을 수 없었다.

—1936년 3월 10일《매일신보》〈조춘점묘〉 제3편

---

* 차생윤회(此生輪廻) — 다음 생인 아닌, 지금 살아 있는 이 세상 안에서의 윤회에 관해서 얘기하고 있는 글로, 이상의 재치와 통찰이 잘 드러난 글로 알려져 있다.

공지(空地)에서

_ 이 상

얼음이 아직 풀리기 전 어느 날, 덕수궁 마당에 혼자 서 있었다. 마른 잔디 위에 날이 따뜻하면 여기저기 쌍쌍이 벌려 놓일 사람 더미가 이날은 그림자도 안 보인다. 이렇게 넓은 마당을 텅 비워두는 뜻을 알 길이 없다.

땅이 심심할 것 같다. 땅도 인제는 초목(草木)이 우거지고, 기암괴석이 배치되는 데만 만족해하지 않을 것이다. 차라리 초목이 없고, 괴석이 없더라도, 집이 서고, 집 속에 사람들이 북적북적하고, 또 집과 집 사이에 참아끼고 아껴서 남겨놓은 가늘고, 길고, 요리 휘고, 조리 휜 얼마간의 지면 (地面) ─ 즉, 길에는 늘 구두 신은 남녀가 뚜걱뚜걱(뚜벅뚜벅) 오고 가고, 여러 가지 차량이 굴러가고 하기를 희망할 것이다. 이렇게 땅의 성격도, 기호도 변하였을 것이다.

그래, 이건 아마 겨울 동안 인마(人馬, 사람과 말)의 통행을 엄금(嚴禁, 엄하게 금지함) 해놓은 각별한 땅이 아닌가 하고, 대단히 겸연쩍어서 부리나케 대한문으로 내달으려니까, 하늘에 소리가 있으니 사람의 소리로다. — 그러나 역시 잔디밭 위에는 아무도 없고, 지난가을에 해뜨리고(버리고) 간 캐러멜 싸개가 바람에 이리 날고 저리 날고 할 뿐이다.

그러나 다음 순간, 반드시 덕수궁에 적을 둔 금리(金鯉, 비단잉어) 떼나 놀아야 할 연못 속에 겨울 차림을 한 남녀가 무수히 헤어져 놀고 있는 것이 눈에 띄었다. 하나도 육지에 올라선 이가 없이 말짱 그 손바닥만 한 연못에 들어서서는 스마트한 스케이팅을 즐기는 것이 아닌가.

요컨대, 새로 발견된 공지로군 — 하고 경이의 눈을 옮길 길이 없어 가까이 다가서서는 새로 점령된 미끈미끈한 공지를 조심성스러이(조심스럽게) 좀 들여다보았다. 그러나 금리어 떼는 다 어디로 쫓겨 갔을까. 어족은 냉혈동물이라더니, 물이 얼어도 밑바닥까지만 얼지 않으면 그 얼음장 밑 냉수 속에서 족히 살아갈 수 있다는 것인가. 그러나 그 예리한 스케이트 날로 너무 걸커(긁어) 밀어 놓아서 얼음은 영 불투명하다. 투명만 하면 불그스레한 금리어 꽁지가 더러 들여다보이기도 하련만. — 여하간 이 손바닥만 한 연못이 깊으면 얼마나 깊을까. — 바닥까지 다 꽝꽝 얼었다면 어족은 일거에 몰사하였을 것이고, 얼음장 밑에 물이 흐르고 있다면 이 까닭 모를 소요(騷擾, 소란)에 얼마나 골치를 앓을까. 그러나 이 신기한 공지를 즐기기 위해서 그들은 어족의 두통 같은 것쯤은 가산하지 않았을 것이다.

그날 황혼 천하에 공지 없음을 한탄하며 뉘 집 이 층에서 저물어가는 도회를 내려다보고 있었다. 그때 실로 덕수궁 연못 같은, 날만 따뜻해지면 제 출몰에 해소될 엉성한 공지와는 비교도 안 되는 매우 훌륭한 공지를 하나 발견하였다.

○○ 보험회사 신축용지라고 대서특필한 높다란 판장(板墻, 널빤지)으로 둘러막은 목산(目算, 눈어림) 범(凡) 천 평 이상의 명실상부 공지가 아닌가. 잡초가 우거졌다가 우거진 채 말라서 일면이 세피아 빛으로 덮인 실로 황량한 공지였다. 입추의 여지가 가히 없는 이 대도시 한복판에 이런 인외경(人外境, 사람이 살지 않는 곳. 즉, 속세를 떠난 곳)의 감을 풍기는 적지 않은 공지가 있다는 것은 기적이 아닐 수 없다.

인마(人馬)의 발자취가 끊긴 지 — 아니, 그건 또 처음부터 없었는지도 모르지만 — 오랜 이 공지에는 강아지 서너 마리가 모여 석양의 그림자를 끌고 희롱한다.

정말 공지 — 참말이지 이 세상에는 이제 공지라고는 없다. 아스팔트를 깐 뻔질한(뺀지르르한) 길도 공지가 아니다. 질펀한 논밭, 임야, 석산, 모두 아무개의 소유답(所有畓)이요, 아무개 소유의 산갓(산림)이요, 아무개 소유의 광산인 것이다.

생각하면, 들에 나는 풀 한 포기가 공지에 뿌리를 내리지 못한다. 이치대로 하자면 우리는 소유자의 허락이 없이 일 보의 반보를 어찌 옮겨 놓으리오.

오늘 우리가 제법 교외로 산책을 할 수 있는 것은 아직도 세상인심이 좋아서 모두 묵허(默許, 모르는 체 내버려 둠으로써 슬며시 허락함)해주기 때문에 향

유할 수 있는 치사(侈奢)다.

하나도 공지가 없는 이 세상에, 어디로 갈까 하던 차에 이런 공지다운 공지를 발견하고, 저기 가서 두 다리 쭉 뻗고 누워서 담배나 한 대 피웠으면 하고 나서 또 생각해보니까, 이것도 역(亦, 또한) ○○ 보험회사가 이윤을 기다리고 있는 건조물임을 깨달았다. 다만, 이 건조물은 콘크리트로 여러 층을 쌓아 올린 것과 달리, 잡초가 우거진 형태를 하고 있을 뿐인 것이다.

봄이 왔다. 가난한 방 안에 왜(倭) 꽈리 분(盆) 하나가 철을 찾아서 요리조리 싹이 튼다. 그 닷곱 한 되도 안 되는 흙 위에다가 늘 잉크병을 올려놓곤 하다가 싹 트는 것을 보고 잉크병을 치우고, 겨우내 그대로 두었던 낙엽을 거두고 맑은 물을 한 주발 주었다. 그리고 천하에 공지라곤 요 분 안에 놓인 땅 한 군데밖에는 없다며 좋아하였다. 그러나 두 다리를 뻗고 누워서 담배를 피우기에는 이 동글납작한 공지는 너무 좁다.

—1936년 3월 12일 《매일신보》 〈조춘점묘〉 제4편

---

* 공지(空地)에서 — 아무것도 없는 공간에서 '자유'와 '여유'를 느끼고 싶은 이상의 바람과 달리 빽빽하게 들어선 도시의 건축물을 바라보면서 느끼는 소회를 표현한 글. 여기서 말하는 '공지'는 입추의 여지 없는 도회지에서 찾을 수 없는 것으로 바로 현대인들이 상실하고 있는 삶의 자유와 여유로움을 가리킨다.

도회의 인심

_이 상

도회의 인심(人心)이란 어느 만큼이나 박(薄, 마음 쏨이나 태도가 너그럽지 못하고 쌀쌀함)해지려는지 알 길이 없다.

이런 이야기를 들은 일이 있다. 상해(上海)에서는 기아(棄兒, 아이를 몰래 내다 버리는 일)를 ― 그것도 보통 죽은 것을 ― 흔히 쓰레기통에다 한다고 한다. 새벽이면 쓰레기를 치우는 인부가 와서는 휘파람을 불어가며 쓰레기를 치우는데, 그는 이 흉악한 기아를 보고도 별반 놀라지 않을 뿐만 아니라 그 애총(아총. 즉, 어린아이의 무덤)을 이리 비켜놓고 저리 비켜놓고 해서 쓰레기만 치운 뒤 잠자코 돌아간다는 것이다. 요컨대, 기아야 뭐 그리 이상하랴. 다만, 이것은 쓰레기는 아니니, 내가 치우지 않을 따름이요, 어떻게 되건 나와는 상관없다 ― 이 뜻이다.

설마 했지만, 또 생각해보면 있을 법도 한 일이다. 참 도회의 인심은 어느 만큼이나 박하고 말려는지 종잡을 수 없다.

　이 나가야(연립주택)로 이사 온 지도 벌써 돌(일 년)이 가까워져 오나 보다. 같은 들보 한 지붕 밑에 쭈욱―칸칸이 산다. 박서방, 김씨, 이상, 최주사……. 이렇게 크고 작은 문패가 칸칸이 붙어있다. 그러나 그들은 서로 사귀지 않는다. 그중에서도 직업은 서로 절대 비밀이다. 남편 혹은 나 같은 아내 없는 장성한 아들들은 앞문으로 드나든다. 그러나 아내 혹은 말만 한 누이동생들은 뒷문으로 드나든다.

　남편은 아침 혹 낮에 나가면 대개 저녁 혹은 밤에나 들어온다. 그러나 아낙네들은 집에 있다. 저녁때가 되면 자연 쌀을 씻어야 하니 수도(水道)로 모여든다. 모여들면 남자들처럼 서로 꺼리고, 기피하지 않고, 곧잘 언어 노출증을 나타낸다. 그래서는 잠자코 있었으면 모를 이야기, 안 해도 좋을 이야기, 흉아잡이(다른 사람을 흉보는 일) 무릎맞춤이 시작되어서 가끔 여류 무용전(武勇傳, 무용담)을 만들기도 한다. 그리하여 힘써 감추는 남편 씨의 직업도 탄로가 나서 바깥양반의 자존심을 여지없이 분쇄하고 마는 것이다. 그러나 기압은 대체로 봐 무풍 상태다.

　우리 집 변소 유리창에 똑바로 보이는 제2열 나가야 ○호 칸에 들은 젊은 세대는 작하(昨夏, 지난해 여름) 이래 내외 싸움이 끊일 새가 없더니, 가을에 들어서자 추풍낙엽과 같이 남편이 남편 직에서 떨어졌다. 부인은 ○○카페 화형(花形, 얼굴 마담) 여급이라는 것이다. '메리 위도(Merry widow, 이혼녀)'가 된 '화형'은 남편을 경질하기에는 환경의 이롭지 못함을 깨달았는지 결국 떠나버렸다.

지금 그 칸은 빈 채다. 물론 이사를 하는 경우에도 이웃에 인사를 하는 수고스러운 미덕은 이 나가야 규정에 없다. 그 바로 이웃 칸에 든 젊은이의 감상담에 의하면, 앓던 이가 빠진 것 같단다. ― 왜냐하면, 그 풍기를 문란케 하는 종류의 레코드 소리를 더는 안 듣게 되었기 때문이다.

그 이웃에 사는 지방분(脂肪分)이 아주 잘 침착(沈着, 밑으로 가라앉아 들러붙음)된 젊은이는 젖먹이를 잃어버렸다. 그와 함께 그 죽은 아이 체중보다도 훨씬 더 많을 지방분도 깨끗이 잃어버렸다. 그러나 그 어린애를 위해서나, 애어머니 지방분을 위해서나 부의 한 푼 있을 리 없다. 나도 훨씬 뒤에야 알았으니까―

날이 매우 추워지자, 우리 바로 격장(隔墻, 담 하나를 사이에 두고 이웃함)에 사 남매로 조직된 가족이 이사왔다. B전문학교에 다니는 오빠가 한 쌍, W여고보에 다니는 매씨(妹氏, 남의 손아래 누이를 높여 이르는 말)가 한 쌍 ― 매양(번번이) 석각(夕刻, 저녁때)이면 혼성 사중창 유행가가 우리 아버지의 완고한 사상을 괴롭힌다고 한다. 그렇건만 나는 한 번도 그 오빠들을 본 일이 없고, 누이 역시 한 번도 그 매씨들과 말을 나눠본 일이 없다.

정월에 반대편 이웃집에서 흰떡을 했다. 한 가락 주겠지 했더니, 과연 한 가락도 안 준다. 우리는 지짐이만 부쳤다. 좀 줄까 하다가 흰떡 한 가락 안 주는 걸 뭘! 하고 혼자 먹었다. 사남매 집은 원래 계산에 넣지 않은 이유가 그믐날 밤까지도 아무것도 부치지도 지지지도 않았기 때문이다. 그것은 흰떡과 지짐이를 그 이웃집에 기대하고 있는 수작이 아닌가도 싶었다. 그래서 미웠고, 계산에도 넣지 않았다. 물론 이것은 내 오해인지도 모르지만—

해토(解土, 겨우내 얼었던 땅이 봄이 되어 녹아서 풀림)되면서 막다른 칸에 든 젊은이가 본처에서 일약 첩으로 실격한 사건이 생겼다. 그러나 아무도 그 젊은이를 동정하지 않고, 그 남편이 배불뚝이라고 험담만 실컷 하다가 나자빠졌다. 그리고 우리 집에는 나날이 찾아오는 빚쟁이의 수효가 늘어가기 시작했다. 그러다가 건물회사에서 집달리(執達吏, 집행관)를 데리고 나와 세간 기명 등속(等屬, 나열한 사물과 같은 종류의 것들을 몰아서 이르는 말)에다가 딱지를 붙이고 갔다. 집세가 너무 많이 밀렸다는 이유다. 이런 뒤법석(여럿이 몹시 소란스럽게 떠듦)이 일어난 것을 사남매는 모두 학교에 갔으니 알 길이 없고, 이쪽 이웃 역(亦, 또한) 어느 장님이 눈을 떴나 하는 식이다. 차라리, 나는 다행이라고 생각하였다. 동네방네가 죄다 알고 야단을 치면 더 창피하니.

"이리 오너라!"

"누굴 찾으시오?"

"여기가 ○씨 집이오?"

"아뇨!"

"그럼, 어디요?"

"그걸 내가 아오."

하는, 문답이 우리 집 문간에서 있나 싶더니, 아버지 말씀이

"알아도 안 가르쳐 주는 게 옳아!"

"왜요?"

"아, 빚쟁일 것이 분명하니, 그거 남 못 할 노릇 아니냐!"

라고 하신다.

도회의 인심은 대체 얼마나 박하고 말려고 이러나―

―1936년 3월 20일 《매일신보》 〈조춘점묘〉 제5편

* 도회의 인심 ― 해가 갈수록 각박해져 가는 도회의 인심을 자신의 주변과 이

웃 사이에서 일어나는 이야기를 통해 표현할 글.

골동벽 (骨董癖)

_이 상

가령, 신라나 고려 시대 사람들이 밥상에다 콩나물도 좀 담고, 장조림도 담고, 또 약주도 따르고 해서 조석(朝夕)으로 올려놓고 쓰던 식기 나부랭이가 분묘 등지에서 발굴되었다고 해서 떠들썩하니, 대체 그것이 어쨌다는 것인지 알 수 없다. 그게 무엇이 그리 큰일이며, 그 사금파리(사기그릇이 깨져 생긴 작은 조각) 조각이 무엇이 그리 가치 높이 평가되어야 할 것이냐는 말이다. 황차(況且, 하물며 또는 더군다나) 그렇지도 못한 항아리 나부랭이를 가지고 어쩌니 저쩌니 하는 것을 보면 알 수 없는 심사다.

우리는 선조의 장한 일들을 잊어버려서는 안 된다. 그러나 오늘 눈으로 보아서 그리 값도 나가지 않는 것을 놓고 얼싸안고 혀로 핥고 하는 꼴은, 진보한 '커트 글라스' 그릇 하나를 만들어내는 부지런함에 비하면, 그 태타(怠惰, 몹시 게으름)의 극을 타기(唾棄, 배척하거나 업신여김)하고 싶다.

가끔 아는 이에게서 자랑을 듣는다. "내 이조 항아리 좋은 것을 우연히 싸게 샀으니 와 보시오—"다. 싸다는 그 값이 절대 싸지도 않을뿐더러, 막상 가 보면 대개는 아무 예술적 가치도 없는 태작(駄作, 보잘것없는 작품)인 경우가 많다. 그야 오늘 우리가 미쓰코시(三越) 백화점 식기부(주방용품을 판매를 담당하는 부서)에서 살 수 없는 물건이니 볼 점이야 있겠지— 하지만 그 볼 점이라는 게 실로 하찮은 것이다.

항아리 나부랭이는 말할 것도 없이 그 시대에 있어 의식적으로 미술품으로 만들어진 것은 아니다. 간혹 꽤 미술적인 요소가 풍부하게 섞여 있는 것이 있기는 있되, 역시 여기(餘技, 취미로 하는 기술이나 재간) 정도요, 하다못해 꽃을 꽂으려는 실용이라도 실용을 목적으로 만들어진 것임이 틀림없다. 이것이 오랜 세월 지하에 파묻혔다가 시대도 풍속도 영 딴판인 세상 사람의 눈에 뜨이니 위선(爲先, 다른 것에 앞서 우선함) 역설적으로 신기해서 얼른 보기에 교묘한 미술품 같아 보인다. 이것을 순수한 미술품으로 알고 왁자지껄 하는 것은 가경(可驚, 가히 놀랄만함)할 무지(無知)다.

어느 박물관에서 허다한 점수(點數)의 출토품을 연대순으로 진열해놓고, 또 경향이며, 여러 가지 분류 방법을 적확히 구분해서 일목요연토록 해놓은 것을 구경하고, 처음으로 그런 출토품의 아름다움과 가치 있음을 느꼈다. 결국, 골동품의 가치는 그런 고고학적인 요구에서 생기는 것일 것이다. 겸하여 느끼는 아름다운 심정은 선조에 대한 그윽한 향수에서 오는 것이 아닐까.

역사라는 학문을 부정할 수는 없으리라. 어느 시대의 생활양식, 민속,

민속예술 등을 알고자 할 때 비로소 골동품의 가치는 높아진다. 그러니까 골동품은 골동품만을 모아 놓는 박물관과 병존하지 않고는 그 존재이유가 없을 뿐만 아니라 하등의 구실을 하지 못한다. 같은 시대의 것, 같은 경향의 것을 한데 모아 놓고 봄으로써 과연 구체적인 역사적인 지식을 얻을 수 있는 것이지— 그러니까 물론 많을수록 좋다— 그렇지 않고 외따로 떨어진 한 파편은 원인(猿人, 오래된 인류의 조상) 피테칸트로푸스의 단한 개의 골편처럼 너무 짐작을 세울 길에 빈곤하다. 심지어 그것을 항아리 한 개, 접시 두 조각해서 자기 침두(枕頭, 베갯머리)에 늘어놓고 그중에 좋은 것은 누가 알까 봐 쉬쉬 숨기기까지 하는 당세(當世, 바로 이 시대) 골동인 기질은 우선 아까 말한 고고학적 의의에서 가증한 일이요, 둘째 그 타기할 수전노적 사유관념에 지나지 않아 밉기 그지없다.

그러나 이 좋은 것을 쉬쉬하는 패쯤은 양민이다. 오 전에 사서 백 원에 파는 것을 큰 미덕으로 삼는 골동가도 있기 때문이다. 이는 실로 경탄할 화폐제도의 혼란이라고 할 수 있다.

모 씨는 하루 이런 이야기를 한다.

— 요전에 샀던 것인데 깜빡 속았어. 그러나 오 원만 밑지고 겨우 다른 사람한테 넘겼지. 큰일 날 뻔 했어—

위조 골동품을 모르고 고가에 샀다가 그것이 위조라는 것을 알자 산값에서 오 원만 밑지고 다른 사람에게 팔아먹었다는 성공 미담이다.

재떨이로 쓸 수도 없다는 점에 있어서 우선 제로에 가까운 가치밖에 없는 접시 한 개를 위조하는 심사를 상상하기도 어렵거니와 그런 귀매망

량(鬼魅魍魎, 도깨비와 귀신)이 이렇게 공교(工巧, 교묘함)하게 골동 세계를 떠돌고 있거니 생각하면 소름이 끼칠 일이다.

누구는 수만 원짜리 명도(名刀, 이름난 칼)를 샀다가 위조라는 것을 알고 눈물을 머금고 땅에 묻어 버렸다고 한다. 그러나 이 가짜 항아리, 접시 나부랭이는 속은 사람이 또 속이고, 또 다른 이를 속여서 잘하면 몇백 년도 더 견디리라. 하면 그동안 선대에는 이런 위조 골동품이 있었다네— 하고 그것마저 유서 깊은 골동품이 되고 말 것이다.

이런 타기할 괴취미(怪趣味)밖에 갖고 있지 않은 분들에게 위조— 골동품일랑은 눈에 띄는 대로 때려 부수시오— 하고 권하기는커녕 골동품— 물론 이 경우 순수한 미술품 말고 항아리 나부랭이를 말함— 은 고고학적 민속학적 요구에서 박물관에 있어야만 값이 있는 것이지 그렇지 않은 건 전혀 의미가 없소. 그러니 죄다 박물관에 기부하시오, 라고 권하면 권하는 이에게 천한 놈이라고 꾸짖을 것이 뻔—하다.

—1936년 3월 24일~25일 《매일신보》 〈조춘점묘〉 제6편

동심 행렬(童心行列)

_이 상

아침 길이 똑 ― 보통학교 학동들 등교 시간과 마주치는 고로 자연 많은 어린이를 보게 된다. 그네들의 일거수일투족, 눈 한 번 끔벅하는 것, 말 한마디가 모두 경이(驚異, 놀라움)다. 우선, 자신이 그런 아이들과 너무 멀고, 또 제 몸이 책보를 끼는 생활을 그만둔 지 너무 오래며, 학교 다니는 어린 동생들도 모두 ― 성장해서 집안이 그런 학동을 기르는 분위기에서 퍽 멀어진 지가 오래되었기 때문이다. 그래서 그저 먼 ― 꿈의 세계를 너무나 똑똑히 눈앞에 보는 것만 같아서 가슴이 뿌듯할 적이 많다.

학동들은 칠팔 세로 여남은 살까지 남녀가 뒤섞인 현란한 행렬이다. 이것도 엄격한 중고교육을 받은 우리로는 경이다. 자전거가 멋모르고 좁은 골목에 들어섰다가 혼이 난다. 암만 벨이 울려도 이 아침거리의 폭군들은 길을 비켜주지는 않는다. 자전거는 하는 수 없이 하마(下馬)를 하고 또 뭐라고 중얼거려도 보나 그런 것에 귀를 기울이는 사심(邪心)이 없다. 저희끼리 이야기가 너무나 재미있어 견딜 수가 없는 것이다. 물론 누구하고 동무도 없고 행렬에도 끼기지 못하고 화제도 없는 인물은 골목 한편 인가(人家) 담벼락에 비켜서서 이 화려한 행렬에 공손히 길을 치워주어야 한다.

우리는 구경도 못 한 '란도셀(Ransel, 일본 초등학생들이 등에 메는 책가방)'이란 것을 하나씩 짊어졌다. 그것도 부럽다. 그 속에는 우리가 한 번도 갖고 놀아보지 못한 찬란한 그림책이 들었다. 십이 색 '크레용'도 들었다. 불란서(프랑스) 근대화파보다도 훨씬 무섭고 자유분방한 그들의 자유화를 기억한다. 우리는 일생을 통하여 기어코 완전한 거짓말 속에서 시종(始終)하라는 건가 보다. 우리는 이제 시작해서 저런 자유화 한 장을 그릴 수 있을까. '란도셀'이라는 것 속에는 하고많은 보배가 들어 있다. 그러나 장난꾼이들 '란도셀'이란 '란도셀'이 어쩌면 모조리 헤어져 떨어져서 헌털뱅이(헌것을 속되게 이르는 말) 인구.

단발이 부쩍 늘었다. 여남은 살 먹은 여학동(學童) 단발한 것은 깨끗하고 신선하고 칠팔 세 여학동 단발한 것은 인형처럼 귀엽다.

남학동들은 일제히 양복 차림이다. 양복에다가 보통학교 아동 이외에는 이행(履行)을 불허하는 경편(輕便, 가볍고 편한) 운동화들을 신었다. 그래서는 좁은 골목 넓은 길을 살과 같이 닫고 또 한 군데 한없이 머물러서는 장난한다. 이렇게 등교 시간 자체가 그네들에게는 황홀한 것이고 규정 이상의 과정인 것이다. 그중에는 셋 혹 넷 무더기가 져서 걸어가면서 무슨 책인지 한 책에 집중되어 열중한다. 안경 쓴 학동이 드문드문 끼었다. 유리에 줄이 좍좍 간 것이 제법 근시들이다. 뭐가 저리 재밌을까―하고 궁금해서 흘깃 좀 훔쳐본다. 양홍(洋紅, 붉은 빛깔 색소) 군청(群青, 짙은 남청색) 등 현란한 극채색(매우 짙은 색깔) 판의 소년 잡지다. 그림은 무슨 군함 등속인가 싶다. 그러나 글자는 그저 줄이 죽죽 가 보일 뿐이지 눈에 들어오지 않는다.

보통학교 학동이 안경을 썼다는 것은 실사(實事, 사실) 해괴망측한 일이다. 일인 것이 첫째 깜찍스럽다. 하도 앙증스럽고 해서 처음에는 웃고 그만두었으나 생각해 보면 웃고 말 일이 아니다. 근시는 무슨 절름발이나 벙어리 같은 부류의, 그야말로 불구자라곤 할 수 없되 불구자는 불구자다. 세상에는 치례로 금테안경을 쓰는 못생긴 백성도 있기는 있으나 '오페라글라스(오페라나 연극을 볼 때 쓰는 안경)' 비행사의 그 툭 불거진 안경 이외에 안경은 없는 게 좋다. 그것을 저런 아직 나이 들지 않은 연골 어린이들에게까지 씌우지 않으면 안 된다는 세상은 그리 고맙지 않은 세상임이 틀림없다.

여기에는 여러 가지 원인이 있겠으나 현대의 고도화한 인쇄술에도 트집을 아니 잡을 수 없다. 과연 보통학교 교과서만은 활자의 제한이 붙어서 굵직굵직한 것이 괜찮다. 그만만하면 선천적 근시안이 아닌 다음에는 활자 탓으로 눈을 옥지르거나(눌러 죄거나 두들겨 부수는 것) 하는 일이 없을 것 같다. 그러나 학동들이 교과서만 주무르다 그만두느냐면, 천만에 우선, 참고서라는 것이 대개가 구(九) '포인트' 활자로 되어 먹었다. 급기 소년 잡지 등속에 이른즉슨 심지어 육 호(六號) 칠(七) '포인트' 반을 사용하여 오히려 태연한 출판업자— 게다가 추악한 극채색을 덮어서 예의 학동들의 동공을 노리고 총공격의 자세를 일각도 게을리하지는 않는다.

아직도 안경 쓴 학동보다 안 쓴 학동의 수효가 더 많은 것으로 보아 한편 괴이하기도 하나, 아직 그들의 독서열이 사십 도(四十度)에 이르지 않은 것을 차라리 다행히 생각하고 싶다. 누구에게라도 안경 상을 추장(推獎, 권유함)하고 싶다. 오늘 같은 부덕한 활자 허무 시대에 가하여 불완전한 조명장치밖에 없는 이 땅에 늘어갈 것은 근시안뿐일 터이니 말이다.

— 1936년 3월 26일 《매일신보》 〈조춘점묘〉 제7편

* 동심행렬(童心行列)—이상다운 문체의 활력과 묘사로 생기 넘치는 이글은 학교 가는 아이들의 모습을 생동감 넘치게 묘사하고 있다. 이상은 그야말로 우리 문단의 크리에이터였다.

〈오감도〉가 《조선중앙일보》에 발표되던 날, 그는 흥겹고도 냉정한 어조로 소설가 박태원에게 이렇게 말했다고 한다.

"박 형! 이제 광채를 발산할 단계에 이르게 됐지! 참, 이제 유상무상들이 모조리 무색해질 거야, 하하."

이렇듯 그는 자신의 시에 대한 사람들의 반응을 충분히 예상하고 있었다. 그만큼 그가 생산해낸 언어는 파격과 기행의 연속이었다.

잎이 푸르러 가시던 님이

_김유정

잎이 푸르러 가시던 님이

백설이 흩날려도 아니 오시네.

이것은 강원도 농군이 흔히 부르는 노래의 하나입니다. 그리고 산골이 지닌바 여러 자랑 중 하나라고도 볼 수 있습니다. 화창한 봄을 맞아 싱숭거리는 그 심사야 예나 이제나 다를 리 있으리까만 그 매력에 감수(感受, 영향을 받음)되는 품이 좀 다릅니다.

일전(日前, 며칠 전)에 한 벗이 말씀하되, 나는 시골이, 한산한 시골이 그립다 합니다. 그는 본래 시인이요, 병마에 시달리는 몸이라 소란한 도시생활에 물릴 것도 당연한 일입니다. 하지만 내가 생각건대, 아마 악착스러운 이 자파(娑婆, 세상)에서 좀이나마 해탈하고자 하는 것이 그의 본의일 듯

싫습니다. 그러나 그때 나는 "더러워서요, 아니꼬워서 못사십니다!" 하고 의미 몽롱한 이야기를 하였습니다. 그리고 너무 결백한, 너무 도사유인 그의 성격에 나는 존경과 아울러 하품을 아니 느낄 수 없었습니다.

시골이란 그리 아름답고 고요한 곳이 아닙니다. 서울 사람이 시골을 동경하여 산이 있고, 내(川)가 있고, 쌀이 열리는 풀이 있고…… 이렇게 단조로운 몽상으로 애상적 시흥(詩興)에 잠길 그때, 저쪽 촌뜨기는 쌀 있고, 옷 있고, 돈이 물밀 듯 질번 거릴 법 한 서울에 오고 싶어 몸살을 합니다.

퇴폐한 시골, 굶주린 농민, 이것은 자타 없이 주지하는 바라 이제 새삼스레 뇌일 것도 아닙니다마는 우리가 아는 것은 쌀을 못 먹는 시골이요, 밥을 못 먹는 시골이 아닙니다. 굶주린 창자의 야릇한 기미는 도시(都是, 아무리 애를 써 보아도 전혀) 모릅니다. 만약 우리가 본능적으로 주림을 인식했다면 곧바로 아름다운 시골, 고요한 시골이라 안 합니다.

시골의 생활감을 절실히 알려면 그래도 봄입니다. 한겨울 동안 흙방에서 복대기던 울분, 내일을 우려하는 그 췌조(悴操, 초췌한 모습), 그리고 터무니없는 야심. 이 모든 불온한 감정이 엄동에 지질려서 압축되었다 봄과 맞닥뜨려 몸이라도 나른히 녹고 보면 단박에 폭발되고 마는 것입니다.

남자란 워낙 뚝기가 좀 있어서 위험이 덜 합니다. 그것은 대체로 부녀, 더욱이 파랗게 젊은 새댁에 있어서 그 예가 심합니다. 그들은 봄에 더 들떠서 방종하는 감정을 자제치 못하고 그대로 열에 띄웁니다. 물에 빠집니다. 행실을 버립니다. 나물 캐러 간다고 요리조리 평계 대고는 바구니를 끼고 한 번 나서면 다시 돌아올 줄 모르고 춘풍에 살랑살랑 곧장 가는 이도 한둘이 아닙니다. 그러나 붙들리면 반쯤 죽어날 줄 모르는 바도 아니련만⋯⋯.

또 하나 노래가 있습니다.

잘 살고 못살긴 내 분복이요
하이칼라 서방님만 얻어주게유.

이것도 물론 산골이 가진 자랑의 하나입니다. 여기에 하이칼라 서방님이란 머리에 기름 바르고 향기 피는 매끈한 서방님이 아닙니다. 돈 있고, 쌀 있고, 또 집 있고, 이렇게 풍푼하고 유복한 서울 서방님 말입니다. 언뜻 생각할 때 '에이, 더러운 계집들! 에이 우스운 것들!' 하고 혹 침을 뱉으실 분이 있을지는 모르나 그것은 좀 덜 생각한 것입니다. 님도 좋지만, 밥도 중합니다. 농부의 계집으로서 한평생 지지리 지지리 굶다 마느니 서울 서방님 곁에 앉아 밥 먹고, 옷 입고, 그리고 잘살아 보자는 그 이상이 가질 바 못 되는 것도 아닙니다. 님 있고, 밥 있고, 이러한 곳이라야 행복이 깃듭니다.

내가 시골에 있을 때 내게 봄을 제일 먼저 전해주는 것은 무엇보다도 술상 위의 다래입니다. 나는 고놈을 매우 즐깁니다. 안주로 한 알을 입에 물고 꼭꼭 씹으면 매낀매낀(미끈미끈함)하고 알싸한 그 맛이 '이크 봄이로군!' 이라는 생각을 직감적으로 들게 합니다. 그뿐만 아니라 봄에 몸이 달은 큰 아기, 새댁들의 남다른 오뇌를 연상하게 됩니다. 나물을 뜯으러 갑네 하고 꾀꾀틈틈이(가끔 겨를이 있을 때마다) 빠져나와 심산유곡 그윽한 숲속에 몰려 앉아서 넌지시 감춰두었던 곰방대를 서로 빨아가며 슬픈 사정을 주고받는 그들은 — 차마 못 하고 이럴까 저럴까 망설이는 울적한 그 심사를 연상하게 됩니다. 그리고 그 노래를…….

　　잎이 푸르러 가시던 님
　　백설이 흩날려도 아니 오시네.

　그러다 술이 좀 취하면 몇 해 후에는 농촌의 계집이 씨가 마른다. 그때는 알총각들만 남을 터이니, 이를 어쩌나! 제멋대로 이렇게 단정하고 부질없이 근심까지도 하는 버릇이 있습니다.

—1935년 3월 6일 《조선중앙일보》

* 김유정은 1935년 〈소낙비〉가 《조선일보》 신춘문예에 당선되며 문단에 등단하였다. 그러나 등단 2년 만인 1937년 3월 29일 29세의 나이로 요절하고 말았다. 그런데도 그는 30여 편에 달하는 많은 작품을 남겼다. 특히 농촌을 소재로 한 그의 소설은 독자들로부터 큰 호평을 받았는데, 이는 농촌의 계층 문제를 담으면서도 해학과 유머를 두드러지게 표현했기 때문이다. 또 하나, 그의 작품 속에는 고향 실레마을에서 지내면서 익힌 강원도 하층민의 구어가 그대로 재현된 것이 특징이다.

봄이 왔다
_**여운형**

　지난 토요일, 사무실에서 한창 일을 보고 있는데 아이들이 몰려와서 어디든 놀러 가자며 졸라댔습니다. 아이들은 나를 자기 친구들 가운데 가장 친하고 만만한 사람으로 알고 있습니다. 이에 그 청을 들어주지 않을 수 없어 장충단으로 가서 미끄럼도 타고, 흙장난도 하고, 재미있게 놀았습니다. 그러다가 그것도 싫증이 날 무렵, 산골 응달진 곳을 찾아 채 녹지 않은 눈덩이를 찼습니다. 그런데 눈덩이를 들고 보니, 그 밑에서 새파란 풀이 솟아나고 있었습니다.

　아이들은 "눈 속에서 풀이 나왔다"며 들뜬 나머지 소리를 지르기 시작했습니다.

　나는 아이들에게 자연의 섭리를 가르쳐줘야겠다고 생각했습니다.

　"봄이 오니까 겨울이 도망을 갔단다."

"그럼, 봄이 겨울보다 힘이 더 세?"

"암, 봄이 오면 겨울은 언제나 쫓겨 간단다."

"그럼, 봄이 오니까 이 풀이 돋아난 거야?"

"봄이 오면 으레 풀이 나지. 하지만 이 풀은 겨우내 눈하고 싸웠단다. 뿌리를 땅속에 든든히 박고 겨우내 눈과 추위와 싸워서 이제 눈이 지고 '내가 이겼다!' 라는 소리를 치면서 눈을 뚫고 나온 거야."

그러자 아이들은 기분이 좋아져서 마치 저이들이 이기기라도 한 듯 이리 뛰고 저리 뛰기 시작하였습니다. 그리고 갑자기 노래를 부르기 시작했습니다.

잠시 후 큰아이가 물었습니다.

"얼음이 얼면 고기는 어떻게 살아요?"

"얼음 밑 바위틈이나 흙 속에서 겨울을 나지."

그러자 일제히,

"어이쿠, 오래도 자네."

라면서 눈을 크게 뜬 채 서로를 쳐다봅니다.

"사실은 자는 게 아니란다. 눈 속의 풀처럼 겨우내 얼음과 찬물과 싸우고 있는 거야. 그리고 마침내 이겨서 봄이 되면 다시 꼬리를 치며 노는 것이지."

나는 오래 참고 힘껏 싸우면 무엇이든 이길 수 있다고 아이들에게 말해주었습니다. 그러자 아이들은 손뼉을 치며 마치 저희가 이긴 것처럼 기뻐하였습니다.

우리는 온종일 즐겁게 뛰어놀다가 저녁때 손을 맞잡고 집으로 돌아왔습니다.

—1935년 3월 《소년중앙》

＊여운형 — 일제 강점기에 항일 투쟁을 벌였던 독립운동가이자 외교관. 해방 정국에서 진보적 민주주의를 주장하며 좌익과 우익의 중간적인 위치에 섰지만, 그로 인해 좌우 양쪽의 공격을 받기도 했다. 1947년 7월 19일 서울 종로구 혜화동 로터리에서 한지근에 의해 암살되었다.

이 글은 봄을 맞아 아이들과 함께 즐거운 하루를 보낸 것을 일기식으로 적은 것으로 한 가정의 가장이자 아이들의 아빠였던 그의 따뜻한 마음이 잘 드러나 있다.

봄을 보장한다
_채만식

동짓날 쑨 팥죽이 아직 식었을까 말까 한데(라는 내 엄살도 지독하지만) 편집자는 벌써 봄의 전주곡을 쓰라고 한다. 하지만 이건 좀 심한 듯하다.

오늘이 12월 28일 소한. 대한까지 아직 한 달여가 남았고, 입춘까지는 적이 40일은 더 있어야만 한다. 아직 한 겨울인 것이다. 그런데 도대체 어디 가서 봄을 사생(寫生, 실물이나 경치를 있는 그대로 그림)하란 말인가?

왕상(王祥, 《사자소학》에 나오는 최고의 효자로 얼음을 뚫고 잉어를 잡아 어머니에게 드렸다는 이야기의 주인공)과 맹종(孟宗 《사자소학》에 나오는 최고의 효자 중 한 사람으로 언 땅을 헤치고 죽순을 구해 어머니에게 드렸다는 이야기의 주인공)의 효심마냥 한겨울에 얼음이라도 뚫고 통곡하여 잉어와 죽순을 얻듯 나 역시 《조광》 독자를 위해 언 땅을 파고 쌓인 눈을 헤쳐 가며 생색이라도 한바탕 내고 싶지만, 내 본디

끔찍이도 나태한 위인인지라 도저히 그만한 성의도 낼 수 없고…

해서 부득불(아닌 게 아니라) 이 구들장이 쩔쩔 끓고 앞뒤 문에는 겹겹이 방장을 둘러친 심동(深冬, 한겨울)의 난방 속에 들어앉아 원고지와 몽당 만년필로 봄을 만들어야만 하게 되었으니, 생각하면 할수록 읽는 사람이 나 쓰는 사람이나 피차간에 못 할 노릇이다.

며칠 전 갑작스러운 소간(所幹, 볼 일)이 있어 호남을 방문한 일이 있었다. 밤이 깊어 서울을 떠난 기차는 날이 부옇게 밝을 무렵 장성 갈재에 이르렀다. 옛날에는(장판의 눈먼 통수쟁이 입담마따나) 열아홉 살 먹은 과수가 스물한 살 먹은 딸을 데리고, "아이고 내 신세야" 하고 울며 넘었다는 장성 갈재를 기차는 씨근거리면서 달려 오르다가 이윽고 긴 터널을 빠져나왔다.

기차가 막 터널 밖을 벗어나자 조그마한 개천이 선로를 따라 맑게 흐르고 있었다. 어제는 한강이 백 년도 꿈쩍하지 않을 듯이 얼어붙은 것을 보았는데, 이곳은 시내가 얼지 않고 흐르고 있어 마치 봄이라도 만나듯 무척 반가웠다.

옆에 앉은 시골 나그네에게 그런 이야기를 했더니, 그는 그건 아무것도 아니라며, 지금 목포에 가면 짐장(김장)이 한참이요, 또 제주도에서는 겨우내 채전(菜田, 채소밭)의 배추가 푸르러 있다고 말했다.

또…

중학 시절 고故 이중화(李重華) 선생님께 지리를 배우면서 듣던 이야기인데,

"… 추풍령으로 말하자면 역사적으로나 지리적으로만 유명할 뿐만 아니라 기상학적으로도 조선을 갖다가 남북 두 동강에 잘라놓는 경계선이란 말이야. … 터널 하나를 사이에 두고 이쪽 영동과 저쪽 황간이 확연히 달라! … 서울에서 정월을 지내고 나서도 북악산 바람이 씽씽 불고, 한강에서는 아이들이 한창 스케이팅을 타는데, 떡하니 경부선을 잡아타고 내려가다가 영동을 지나 추풍령 터널을 쑥 빠져나간다 치면 차창에 얼었던 성에가 줄줄 녹아내리고, 마을에서는 촌 노파가 무릇 시루를 이고 팔러 다닌단 말이야! 응? 벌써 봄이거든."

어떻게나 선생님의 입담이 구수하고 표현이 리얼하던지 우리는 설명을 듣는 내내 눈앞에 선연히 그 얼어붙은 성에가 흥건하게 녹아내리는 차창 밖 저 마을로 무릇 시루를 인 할머니가 지나고 있는 환영이 보이곤 했다. 그리고 그후 실제로 정초에 추풍령을 넘어본 결과, 터널 하나를 사이에 두고 남북의 기온 차가 현저하게 다름을 알게 되었다.

이렇듯 독자들이 이 글을 대할 무렵이면 서울 등지는 영하 10도니, 15도니 하는 혹한일 테지만 바로 건너다보이는 추풍령 저쪽에는 벌써 봄이 와 있을 것이다. 또 제주도에는 언덕의 불탄 잔디에 새 속잎이 움트고 있을 것이요, 하마 장다리 밭에서 꼬끼오 연계(軟鷄, 영계의 원래 말)가 울고 있을지도 모른다. 그러니 만일 내가 저 아라비아의 마호메트와 같은 두둑한 뱃심이 있다면,

"산아! 이리 오라!" 하고 부르듯이

"추풍령 저쪽의 봄아! 얼른 이리 오라!"

또는,

"제주도의 봄아! 당장 서울로 오라!"

하고 부를 것이고, 만일 불러도 오지 않으면 독자에게 통조림 한 봄이라도 구해다가 선사겠지만, 내 영웅이 아니어서 뜻을 두고도 이루지 못함이 슬프기 그지없다.

요행 독자 중에 혹시 그 거만한 봄을 불러 대령시킬 영웅이 있다면 어디 좋을 대로 한바탕 권위를 행사해보는 것도 무방하겠다. 그러나 그렇지 못하다면 나와 더불어 고즈넉이 마당 가로 가서 앙상한 개나리 덩굴에 다가올 봄을 기다리기로 하자.

내가 사는 바로 동편 이웃이 어떤 관청의 청사요, 그 좌우와 앞뒤로 개나리 나무가 빙 둘러 울타리를 이루고 있다. 나는 이곳에서 벌써 네 번째 한적한 봄을 맞고 있다.

4월 열흘께 물러가다가 처진 찬바람이 훈훈한 봄바람과 더불어 간간이 넘나들던 것도 어느덧 다 가시고만 그즈음, 신문이 다투어 2주일 남았네, 보름 남았네, 춘당지(春塘池, 창경궁 안에 있던 연못)의 네온은 여흥은 이러니저러니 하면서 이식된 봄의 호화판 창경궁의 야앵(夜櫻, 밤에 벚꽃을 구경하며 노는 일) 소식을 성급히 타진할 무렵이면 나의 개나리 덩굴에는 벌써 노란 꽃이 만발한다. 이르기로는 산의 할미꽃을 따르지 못할 것이고, 번성하고 화려한 것으로는 벚꽃이나 복사꽃에 미치지 못할 것이야 당연하다. 그러나 내게는 그것밖에는 화원이 없으니 그것으로나마 충분히 즐겁다.

개나리와 거의 동시에 집 뒤 용수산(龍峀山) 골짜기에는 또한 진달래가 곱게 핀다.

그때가 되면 나는 겨울 동안 방안에서만 칩거하던 준 동면(冬眠, 겨울잠)에서 벗어나 막대를 이끌고 율림(栗林, 밤나무 숲)이며, 용수산 송림 사이를 산책하곤 한다. 그러다가 가끔 진달래를 한두 가지 꺾어 쥐고 내려온다. 꽃을 꺾는 일이 비록 야박스러운 일이기는 하지만 반갑다 못해 꺾은 것이다. 내려오는 길에 개나리 역시 탐스러운 것으로 한 가지 꺾는다. 그렇게 해서 함께 쥐면 노란 개나리와 연분홍 진달래가 저절로 순박한 조화를 이루어 하나의 풍속(風俗, 그 시대의 유행과 습관 따위를 이르는 말)이 된다.

노랑 저고리에 연분홍 치마.

옛날 옛적부터, 우리네 할머니의 그 이전부터 봄이면 봄마다 처녀와 새색시들은 개나리꽃 같은 노랑 저고리에 진달래꽃 같은 연분홍 치마를 입고 새봄을 맞이하여 핀 개나리꽃과 진달래와 더불어 곱게 봄을 단장해 왔더란다. 그것이 지금은 저 깊은 산골이나 가야만 볼 수 있는 한낱 옛 풍속이요, 겸하여 사라져가는 풍속이 된 지 오래다. 그 사라져가는 그 순박한 봄맞이를 추억 속에서 잠깐 즐김도 노상 싫지 않은 흥이어서 꺾어 쥔 개나리와 진달래를 정성껏 안두(案頭, 책상머리)의 화병에 꽂아두고 바라보기를 잊지 않는다.

이제 겨울이 시작되었을 뿐이다. 그러니 소한, 대한, 입춘이 지나고 대동강이 풀린다는 우수와 경칩, 이렇게 석 달은 있어야 바야흐로 봄이 올 것이다. 생각하면 봄이 즐겁기보다는 눈앞에 닥친 추위가 무섭고 걱정스러워 어느 겨를에 다가올 봄을 미리 즐길 경황이 없기는 하다. 그러나 일변 추위가 무섭고, 겨울이 아득할수록 봄을 기다리는 마음은 더 간절한 법이니, 역시 기다리지 않는다는 말은 거짓말일 것이다. 아무튼지 이 겨울이 가고 나면 갈데없이 봄이 오기는 올 것이다. 그러니 느긋이 마음을 돌려먹고 기다리는 도리밖에.

봄아! 어서 오라!

내 너를 맞이하기 위해 다섯 말의 술과 일곱 말의 떡, 두 마리의 돼지와 한 마리의 소, 그리고 오색 과실을 마련해놓고 손꼽아 기다리고 있노라.

앞서도 얘기했지만 나는 영웅이 아니어서 산이나 봄을 불러오는 마술은 할 줄 모르는 범인(凡人, 평범한 사람)에 지나지 않는다. 다만, 이상의 제물로써 커미션을 써가며 독자를 위해 봄을 유치하기나 하련다. 마치 우리에게는 공업용수의 질이 좋고 풍부하니 크게 공장을 지어서 잘살게 해달라는 시골 읍장님이나 군수 영감, 번영회 회장처럼.

앞으로 겨울이 다 가고 첫 90일. 90일이면 시간으로 2천 1백 60시간.

독자는 눈을 질끈 감고서 그 시간 동안만 양서류처럼 동면을 즐기든지, 곰처럼 굴속에 들어가서 겨울을 나든지 또는 스키나 스케이트, 혹은 온천여행을 즐기면서 시간을 보내고 나면 봄은 반드시 오고야 말리라.

그리하여 굽 낮은 구두에 말끔한 노란 스타킹을 신고, 짧은 스커트와 엷은 블라우스에 배낭을 멘 궐녀(厥女, 말하는 이와 듣는 이가 아닌 여자를 이르는 3인칭 대명사) 씨와 어깨를 나란히 한 채 북한산으로 혹은 연주대(戀主臺, 관악산에 있는 암자)로의 하이킹도 즐거울 것이고, 속되나마 우이동의 드라이브도 좋을 것이다. 또 잔디 위에 푸근히 앉아 시간 가는 줄도 모르게 속삭이는 이야기 역시 재미있을 것이니, 부디 안심하고 기다려도 무방하리라.

혹시 송도에 찾아온다면 내 집 앞의 개나리와 용수산 진달래를 꺾어 노랑 저고리 연분홍 치마의 고풍스러운 봄을 선물하기를 사양하지 않을 것이다. 만일 그때 가서 봄이 오지 않는다면 세 켤레의 버선 대신 세 대의 뺨을 맞아도 군소리를 하지 않기로 장담과 다짐을 여기에 적어둔다.

—**1940년 2월 《조광》**

* 채만식―풍자 문학의 대가로 알려진 채만식은 1930년대 후반부터 1940년 5월까지 인천 송도에 거주한 것으로 알려져 있다. 그는 그곳에서 악화된 건강을 보살피며 부지런히 글을 썼다. 이 글은 그가 그곳에서 네 번째 봄을 맞으면서 쓴 글로 봄을 맞는 기쁨과 봄에 관한 추억에 관해서 쓴 것이다.

가난했지만, 항상 감색 상의에 회색 바지를 단정히 입고 모자까지 쓰고 다녀서 '불란서(프랑스) 백작'으로 불렸던 그는 한때 사회주의에 빠지기도 했고, 친일 행위에 가담함으로써 큰 오점을 남기기도 했지만, 해방 뒤 '민족의 죄인'으로 뼈아프게 반성하는 모습을 보여주었다. 또한, 결벽증이 심해서 다른 집에 식사를 얻어먹으러 갈 때면 자신의 숟가락과 젓가락을 따로 챙겼을 정도였다. 작품을 쓸 때도 원고지 매수를 항상 확인해서 담당 기자가 엄청 까다로워했다고 한다.

봄
_채만식

—— **가여운 녀석**

　나른한 햇볕이 물 잡힌 들논에서 번득인다. 낮닭이 졸린 듯 *꼬꼬—* 한 마디 울고 만다. 멀리 들 가운데로 낮차가 지나간다. 퐁퐁퐁퐁! 흰 연기를 뿜으면서 아물아물 기어간다.

　촌색시가 물동이를 이고 우물길로 간다. 가까이 온 봄이 추운 듯이 울타리 틈에 옹송그리고 앉았다가 갸웃이 내어다보고는 이렇게 속삭인다.

　"색시! 물 길러 가?"

　"웅!"

　"나하고 놀아."

　"아이고, 바빠! 물 길어다가 숭늉 붓고 들에 낮밥 가져가야 해."

　"아이고, 밤낮 그 짓이야?"

"그럼, 어떻게 해!"

"나하고 같이 서울 가자고."

"서울? 글쎄…… 갔으면 좋겠지만……"

"가자."

"하지만, 어떻게?"

"저 차 타고."

"돈은?"

"돌아오는 장에 배메기(가축의 새끼를 가져다가 어미가 될 때까지 길러 주고 그 대가를 해당 가축의 새끼로 받는 특이한 관습) 준 소 팔지?"

"글쎄."

색시가 두레박질을 멈추고 들 건너 먼 산을 바라본다.

"서울…… 서울…… 비단옷…… 구경…… 구경."

나물 캐러 갔던 이웃집 색시가 냉이 세 낱(아주 작거나, 가늘거나, 얇은 물건을 하나하나 세는 단위)을 바구니 밑에 담아서 갖고 온다.

"나물 많이 캤어?"

"뭘, 별로 없어. 그런데 물은 길러 왔어?"

"응."

"아이고, 나른해!"

"나도 마찬가지야!"

"서울이나 갔으면……"

"가고 싶어?"

"그럼, 갈까?"

"돈이 있어야지."

"나는 배메기 준 소를 팔면 되지만……"

"나는 팔 소나 있어야지!"

"내가 조금 취해줄게."

"아이고, 미안해서……"

"갚으면 그만이지."

"그럼, 그럴까?"

그다음 장날 저녁, 동네에서 색시 둘이 사라졌다. 반면, 서울 병목정(서울 중구 쌍림동의 일제강점기 당시 이름) 〈창기명록〉에는 두 명의 이름이 늘어났다.

— 1933년 4월 《신여성》

* 채만식 글의 가장 큰 특징은 재미있다는 것이다. 그는 일정한 거리를 두고 등장인물을 풍자함으로써 타락한 현실을 고스란히 작품 속에 반영하였다. 이 작품 역시 풍자와 해학을 통해 당대의 아픔을 그대로 드러내고 있다는 점에서 주목할 만하다.

자전거 드라이브
_채만식

보내주신 엽서 잘 받았소.

내 봄이 온 줄은 아오. 그러나 안녕하지는 못하다오. 적년(積年, 여러 해)의 황금 부족증이 도졌기 때문이오. 원 세상이 고르지도 못하지! 미국 신사들은 황금 과다증으로 체(滯. 체증. 즉, 먹은 음식이 잘 소화되지 않는 증상)가 생겼다는데, 나 같은 사람은 황금 부족증으로 되레 병이 생기니!

춘래불사춘(春來不似春)이오. 호지(胡地, 오랑캐가 사는 땅)가 아니요, 화초가 없어서가 아니라, 인생불여장제류 과진동풍미탈면(人生不如長堤柳 過盡東風 未脫綿, 인생이 긴 둑의 버들만 못하여 다 지난 봄바람에 겨울 옷도 못 벗었네)을 읊조릴 때가 오게 되었으니 말이오.

올 입춘 날 아침부터 주문받은 봄의 '지필수공(紙筆手工, 봄에 관한 글)'이 당신네 것 말고도 꼭 여섯 개요. 이 정도면 황금 부족증 환자의 '봄'의 인플

레이션이 따로 없소.

6할의 평가절하를 단행하여 두 개만 썼는데, 다 늦게 또 실감 없는 소리를 지껄이라고 하니 도무지 흥이 나지 않소. 그러다 보니 이런 슬픈 넋두리만 늘어놓게 되었구려.

'고향의 봄'은 원체 내 고향이란 곳이 정취 없는 곳인지라 봄이 오되 추억되는 게 없소. 그저 몽롱하게 단편적으로 생각나는 것은 불탔던 잔디 언덕에서 삐삐(삘기, 즉 볏과의 여러해살이풀인 띠의 애순을 가리키는 전라도 방언) 뽑아 먹던 일, '선바위'에 가서 진달래꽃을 꺾어 홰(화톳불을 놓는 데 쓰는 물건)를 매던 일, 노란 꽃 핀 장다리 밭에서 나비를 잡으며 쫓아다니던 일, 그리고 한 가지 그럴듯한 것은 '산정사태고 일장여소년(山靜似太古 日長如少年, 산은 태고처럼 고요하고, 해는 소년처럼 길다)'이라는 주련(柱聯, 기둥이나 벽 따위에 장식으로 써서 붙이는 글귀)이오. 열두어 살쯤 되던 노곤한 봄날이었는데, 사랑방 기둥에 양편으로 써 붙인 그 주련 글귀가 그때 그 자리의 실경(實景, 실제 경치나 광경)을 그대로 그린 듯싶어 퍽 좋았소. 남산이 비스듬히 서서 천고의 침묵을 지키고 낮때(한낮을 중심으로 한 한동안) 겨운 봄날이 영겁(永劫, 영원한 세월)이라도 되는 양 저물 줄 몰라 보이는 실경을 내가 금시에 '산정사태고 일장여소년'이라고 지어 읊은 듯이 어린 나의 시취(詩趣, 시적인 정취)를 울려주었소.

그 밖에 명승지의 봄은 구경을 못 하였으니 말할 자격이 없고, 봄의 행락(行樂, 재미있게 놀고 즐겁게 지냄)이라고는 문밖 절간으로 놀러 가던 속된 것밖에 없고, 봄의 시가(詩歌)는 시가라는 것이 나와 친분이 거의 없을 뿐만 아니라 주문한 이의 뜻이 어디 있는지 모르니 그만두겠소. 다만, 봄의 행락으로 어디 한번 해보겠다는 것이 있으니, 표제에 내건 나의 신발명(나보다 먼저 발명한 이가 있어서 특허권 침해로 고소를 제기할지도 모르지만) 자전거 드라이브를 소개하겠소.

일 원만 내면 자전거 한 채를 하루 동안 세낼 수 있소.

일행은 셋이나 넷쯤으로 하되, 될 수 있으면 룸펜—홀아비가 좋소. 왜 가정 있는 사람을 보이콧하느냐고? 아니, 보이콧은 이편에서 하는 게 아니라 저편에서 저희 부부끼리 본격적인 자전거 드라이브를 하든지 하다 못해 버스 드라이브를 하느라고 룸펜밖에는 그것을 함께 즐길 사람이 없기 때문이오. 어쨌건 그 전날 일행을 맞추어놓고 아침에 하숙집 노파에게 점심을 챙겨달라고 해서 가끔 자전거를 잡아타고 문밖으로 나가오.

아무 데나 좋지만, 봄이면 우이동 같은 곳을 추천할 만하오. 우선, 수석(水石)이 좋고, 또 제철이면 벚꽃이 만발하기 때문이오. 물론 오가는 도중에 막걸리 집이라도 만나면 한 사발씩 들이켜는 맛도 그럴듯(하리라고 생각)하오.

나는 이 봄에 이 놀음 한번 해보려고 작래(昨來, 지난해) 가을부터 자전거 타기를 배웠소. 그래서 실상은 작년 가을에 해보려던 것인데 하지 못했소. 자전거가 서툴러서 사람이 많이 왕래하는 길거리로 나갈 용기가 나지 않았기 때문이오.

정말이지 사람이 빽빽이 들어찬 길에서 제비처럼 빨리 바퀴를 저어가며 용하게 그 틈을 빠져나가는 자전거를 보면 가슴이 서늘할 때가 많소. 그러다가 자칫 노인이나 어린아이를 치기라도 하면 어떻게 할까 싶소.

그래, 아주 자전거 선수가 되기까지 연습을 해야 할 터인데, 자전거 드라이브는 그만 단념하고 천천히 즐기라는 팔자인지 아무리 타도 실력이 늘지 않소. 이런 딱한 일이라니!

그러나 이 봄에는 죽어도 한번 해볼 테요. 사람 몇쯤 치고 파출소에 가서 '잘못했습니다!' 라고 비는 한이 있더라도 말이오. 원체 그런 단련을 받아야만 자전거 실력도 늘고 대담도 해질 것이오.

자, 신안특허 자전거 드라이브 동호자(同好者, 동호인) 제군(諸君, 여러분)! 누구 나와 함께 한바탕 크게 참가할 생각 없소?

—1933년 4월 24일 《동아일보》

＊ 예나 지금이나 봄만큼 자전거를 즐기기에 좋은 때도 없다. 그도 그럴 것이 화사롭게 피어난 봄꽃 향기를 맡으며 자전거 드라이브를 즐기는 모습을 생각해보라. 마치 세상 모든 것이 내 것인 양 부러울 것이 없을 것이다. 채만식 역시 그런 까닭에 뒤늦게나마 자전거 타기를 배웠으리라. 그의 작품 가운데 봄을 맞는 기쁨과 설렘이 가장 두드러지게 나타난 글이다.

담요
_최서해

　나는 이 글을 쓰려고 종이를 펴놓고 붓을 들 때까지도 '담요'란 생각은 털끝만치도 하지 않았다. 꽃 이야기를 써볼까, 요새 내 살림살이 꼴을 적어볼까, 이렇게 뒤숭숭한 생각을 거두지 못하다가, 일전에 누가 보내준 어떤 여자의 일기에서 몇 절 뽑아 적으려고 하였다. 그래, 그 일기를 찾아서 뒤적거려 보고 책상과 마주 앉아서 펜을 들었다. 그러나 'ㅇㅇ과 ㅇㅇ'라는 제목을 붙여 놓고 몇 줄 내려쓰노라니, 딴딴한 장판에 복사뼈가 어떻게 박히는지 몸을 움직일 때마다 그놈이 따끔따끔해서 견딜 수 없고, 또 겨우 빨아 입은 흰옷이 까만 장판에 뭉개져서 걸레가 되는 것이 마음에 걸리었다.

　따스한 봄볕이 비치고, 사지는 나른하여 졸음이 오는데, 이런 생각 저런 생각 신경이 들먹거리고, 게다가 복사뼈까지 따끔거리니 쓰려던 글도 써지지 않아 그대로 앉아 있을 수 없었다. 그렇다고 기일이 급한 글을 받아 놓고 가만히 있을 수도 없는 일이다.

나는 한 가지 계책을 생각하였다. 그것은 별게 아니라 담요를 깔고 앉아서 쓰는 것이었다. 담요야 그리 훌륭한 것도 아니요, 깨끗한 것도 아니지만, 그것이나마 깔고 앉으면 복사뼈도 따끔거리지 않을 것이요, 또 의복 역시 장판에 때가 덜 타게 될 것이라고 생각했기 때문이다.

이불 위에 접어놓은 담요를 내려서 네 번 접어서 깔고 보니, 너무 넓고 엷어서 마음에 들지 않았다. 다시 펴서 세로로 세 번 접고 가로로 세 번 접었다. 이렇게 좁혀서 여섯 번을 접었을 때, 언뜻 머릿속에 떠오르는 생각과도 같이 눈앞을 슬쩍 지나가는 그림자가 있었다.

나는 담요 접던 손으로 찌르르한 가슴을 부둥켜안았다. 그렇게 멍하니 내려앉은 내 마음은, 때(時, 시간)라는 층계를 밟아 멀리멀리 옛적으로 달아났다. 나는 끝없이, 끝없이 달아나는 그 마음을 그대로 놓쳐버리기 너무 아쉬워 그대로 여기에 쓴다. 이것이 지금 '담요'라는 제목을 붙이게 된 동기다.

3년 전 내가 집을 떠나던 해 겨울, 나는 어떤 깊숙한 큰 절에 있었다. 홑고의적삼(윗도리에 입는 홑옷)을 입고 절의 큰 방구석에서 우두커니 쭈그리고 지낼 때 어머니가 부쳐준 '담요'였다. 그 담요가 오늘날까지 나를 싸주고, 덮어주고, 받혀주고 하여 한시도 내 몸을 떠나지 않고 있다. 나는 때때로 이 담요를 만질 때마다 느끼는 것이 있으니, 그것이 즉 이글에 나타나는 감정이다.

집을 떠나던 해였다.

나는 국경 어느 정거장에서 일하고 있었다. 그때는 그 일이 괴로웠지만, 지금 생각하면 그것이 오히려 사람다운 일이었을지도 모른다. 어머니와 아내가 있었고, 어린 딸까지 있어서 헐었거나, 성하거나, 철마다 깨끗이 빨아주는 옷을 입었고, 새벽부터 밤까지 일자리에서 껄떡거리다가, 집에서 지은 밥에 배를 불리고 편안히 쉬던 그때가, 바람에 불리는 감꽃 같은 오늘에 비기면 얼마나 행복이었던가 하고 생각해보는 때도 잦다. 더구나 어린 딸이 아침저녁 일자리에 따라와서 방긋방긋 웃어주던 기억은 지금도 새롭다.

그러나 그때도 풍족한 생활은 못 되었다. 그날 벌어서 그날 먹는 생활이었다. 그리되고 보니, 하루만 병으로 쉬어도 그 하루 양식값은 빚이 되었다. 당연히 잘 입지도 못하였다. 심지어 아내는 어디 나가려면 딸을 싸업을 포대기조차 변변한 것이 없었다.

그때 우리와 같이 이웃에 셋집을 얻어서 살던 K라는 사람이 있었다. 그 사람도 나와 같이 정거장에서 일하고 있었는데, 그 부인은 우리 집에 놀러 올 때마다 세 살 난 어린 아들을 붉은 담요에 싸 업고 왔다.

K의 부인이 오면 우리 집은 어린애 싸움과 울음이 진동하였다. 그것은 내 딸과 K의 아들이 싸우고 우는 것이었다. 그 싸움과 울음의 실마리는 K의 아들을 싸 업고 온 '붉은 담요'로부터 풀리게 되었다.

K의 부인이 와서 그 담요를 풀고 어린것을 내려놓으면, 내 딸년은 어미 무릎에서 젖을 먹다가도 터벅터벅 달려가서 그 붉은 담요를 끄집어

오면서,

"엄마! 곱다, 고와!"

하고, 방긋방긋 웃었다. 그 웃음은 담요가 부럽다, 갖고 싶다, 나도 하나 사달라고 하는 듯하였다. 그러면 K의 아들은,

"이놈아, 남의 것을 왜 가져가니?"

하는 듯이 찡기고 달려들어서 그 담요를 뺏었다. 그러면 딸은 순순히 뺏기지 않고, 이를 악물고 힘써서 다시 잡아당긴다. 그렇게 서로 잡아당기고 밀치다가는 결국 서로 때리고 싸우게 된다.

처음 어린것들이 담요를 밀고 당기게 되면 어른들은 서로 마주 보고 웃게 된다. 그러나 어머니, 아내, 나, 이 세 사람의 웃음 속에는 알 수 없는 어색한 빛이 흘러서 극히 부자연스런 웃음이었다. K의 아내만이 상글상글(눈과 입을 귀엽게 움직이며 소리 없이 정답게 자꾸 웃는 모양) 재미있게 웃었다. 담요를 서로 잡아당길 때, 딸은 힘이 달리면 얼굴이 발개져서 어른들을 보고 비죽비죽 울려고 했다. 이는 도움을 청하는 것이었다. K의 아들 역시 마찬가지였다.

그러다가 서로 어울려서 싸우게 되면, 어른들 낯에 웃음이 스러진다.

"이 계집애, 남의 애를 왜 때리느냐?"

K의 아내는 낯빛이 파래져서 아들의 담요를 끄집어다가 얼른 싸 업는다. 그러면 내 아내도 낯빛이 푸르러서,

"울지 마라, 울지 마! 이다음에 아버지가 담요 사다 준단다."

하고, 딸을 끄집어다가 젖을 물린다. 그러나 딸의 울음은 좀처럼 그치

지 않았다.

"아니! 응, 흥!"

하고, 발버둥을 치면서 K의 아내가 어린것을 싸 업는 담요를 가리키면서 서럽게 서럽게 눈물을 흘린다. 이렇게 되면, 나는 차마 그것을 볼 수 없었다. 같은 처지에 있건만, K의 아내와 아들의 낯에는 우월감이 흐르는 것 같고, 우리는 그 가운데 접질리는 것 같은 것도 불쾌하지만, 어린것이 서너 살 나도록 포대기 하나 변변히 못 지어주는 것을 생각하면 가슴이 먹먹해졌다. 더욱이 그 어린것이 말도 잘할 줄 모르면서 담요를 손가락질하면서 우는 모습은 차마 눈으로 볼 수 없을 지경이었다.

그 며칠 후, 일 삯 전을 받아 집으로 가니, 아내가 수건으로 머리를 싼 딸을 안고 앉아서 쪽쪽 울고 있었다. 어머니는 그 옆에서 아무 말 없이 담배만 피우시고,

"백금이, 머리가 터졌단다."

어머니가 금방이라도 울음이 터져 나올 것 같은 목소리로 말씀하셨다.

"예? 머리가 터지다니요?"

"K의 아들애가 담요를 만졌다고 인두로 때려……"

이번에는 아내가 울면서 말하였다.

나는 나조차 알 수 없는 힘에 이끌려 문 밖으로 뛰쳐나갔다. 그러자 어머니가 급히 쫓아 나오시면서,

"철없는 어린것들 싸움인데, 그걸 탓해서 뭐하누? 어른 싸움 될라."

하고, 나를 붙잡았다. 나는 그만 오도 가도 못 하고 가만히 서 있었다.

그때 나는 분한지 슬픈지 그저 멍한 것이 얼빠진 사람 같았다. 모든 감정이 점점 가라앉고, 비로소 내 의식이 돌아왔을 때, 내 눈은 눈물에 젖었고, 가슴은 미어지는 듯했다.

나는 그 길로 거리로 달려가 붉은 줄, 누런 줄, 푸른 줄이 간 담요를 4원 50전이나 주고 샀다. 무슨 힘으로 그렇게 달려가 그것을 샀는지 사서 돌아설 때는 양식 살 돈이 없어진 것을 알고 이마를 찡기는 동시에 '흥!' 하고 냉소도 하였다.

내가 지금 깔고 앉아서 이 글을 쓰는 이 담요는 그래서 산 것이다.

담요를 사 들고 집에 들어서니, 어미 무릎에 앉아서,

"엄마, 아파! 여기 아파!"

하고, 머리를 가리키면서 울던 딸은 허둥허둥 달려와서 담요를 끌어안았다.

"엄마, 헤헤! 엄마, 곱다!"

그러고는 방방 뛸 듯이 좋아하며 웃는다. 그것을 보고 웃는 우리 셋—어머니, 아내, 나—는 소리 없는 눈물을 씻으면서 서로 쳐다보고 울었다.

아, 그때 찢기던 그 가슴! 지금도 그때를 생각하면 가슴이 찢긴다.

그런데 얼마 후 몹쓸 비바람이 우리 집을 무너뜨리고 말았다. 그래서 우리 가족은 동서로 갈리게 되었다. 어머니는 딸을 데리고 고향으로 가시고, 아내는 평안도로 가고, 나는 양주 어떤 절로 들어갔다. 내가 종적을 감추고 다니다가 절에 들어가서 어머니께 편지를 하였더니,

"추운 겨울을 어찌 지내느냐? 담요를 보내니 덮고 자거라, 백금이가

항상 담요가 예쁘다고 다른 사람은 절대 못 만지게 하더니, "아버지께 보낸다."고 했더니, "할머니, 이거 아버지 덮어?" 하면서 군말 없이 내어놓는다. 어서 뜻을 이루어서 돌아오기를 바란다."

하는 편지와 함께 담요를 보내주시었다.

그것이 벌써 3년 전 일이다. 그 사이 담요의 주인공인 딸은 땅속에 묻힌 혼이 되었고, 늙은 어머니는 의지가지없이(의지할 만한 대상이 없음) 뒤쪽 나라 눈 속에서 헤매시고, 이 몸 또한 푸른 생각을 안고 끝없이 흐르니, 언제나 어머니 슬하에 뵐까?

봄뜻(봄이 오는 기운)이 깊은 이때, 유래가 깊은 담요를 손수 접어 깔고 앉으니, 무량한 감개가 가슴에 복받치어서 풀 방법이 망연하다(茫然——, 매우 넓고 멀어서 아득하다).

— 1926년 5월 《조선문단》 제16호

＊흔히 최서해 문학을 가리켜 '빈궁문학'이라고 한다. 체험에 바탕을 둔 '가난'을 소재로 하고 있기 때문이다. 그러다 보니 그의 글은 어떤 작가의 작품보다도 더 생생하고 사실적이다.

이 글은 이미 저세상 사람이 된 어린 딸이 가난 때문에 고통받았던 이야기를 담담하게 그리고 있다. 특히 지독한 가난 속에 죽은 딸에 대한 진한 그리움이 독자로 하여금 자기도 모르게 눈물을 흘리게 한다.

5월의 산골짜기

_김유정

나의 고향은 저 강원도 산골이다. 춘천읍에서 한 20리가량 산을 끼고 꼬불꼬불 돌아 들어가면 내닫는 조그마한 마을이다. 앞뒤 좌우에 굵직굵직한 산들이 삥 둘러섰고 그 속에 묻힌 아늑한 마을이다. 그 속에 묻힌 모양이 마치 움푹한 떡시루 같다고 해서 동명을 '실레'라고 부른다. 집이라야 대부분 쓰러질 듯한 헌 초가요, 그나마도 50여 호밖에 안 되는 말하자면 아주 빈약한 촌락이다. 그러나 산천의 풍경으로 따지면 하나 흠잡을 데 없는 귀여운 전원이다.

산에는 기화요초(琪花瑤草, 옥같이 고운 풀에 핀 구슬같이 아름다운 꽃)로 바닥을 틀었고, 여기저기에 졸졸거리며 내솟는 약수도 맑고, 그리고 머리 위에서 골골거리며 까치와 시비하는 노란 꾀꼬리 소리도 좋다. 주위가 이렇게 시적(詩的)이니만큼 사람들의 생활도 어디인가 시적이다. 어수룩하고 꾸

물구물 일만 하는 그들을 대하면 딴 세상 사람을 보는 듯하다.

벽촌이라 교통이 불편함으로 현 사회와 거래가 드물다. 편지도 나달에 한 번씩밖에 안 온다. 그것도 배달부가 자전거로 이 산골짝까지 오기가 괴로워서 도중에 마을 사람을 만나면 편지 좀 전해달라고 부탁하고는 도로 가기도 한다. 이렇게 도회와 인연이 멀음으로 그 인심도 그리 야박(野薄, 야멸치고 인정이 없음)지가 못하다. 물론 극히 궁한 생활이 아닌 것도 아니나, 그들은 아직 악착(齷齪, 일을 해 나가는 태도가 매우 모질고 끈덕짐)한 행동을 모른다. 그 증거로 아직 내 기억에는 상해사건으로 마을의 소동을 일으킨 적이 없다. 그들이 모여서 일하는 것을 보아도 퍽 우의적(友誼的)이요, 유쾌하기 그지없다.

5월쯤 되면 농가는 한창 바쁠 때다. 밭의 일도 급하거니와 논에 모도 내야 하기 때문이다. 하지만 그에 앞서 논에 거름을 할 갈(거름으로 사용하는 풀의 종류)이 필요하다. 갈을 꺾는 데는 갈잎이 알맞게 흐드러졌을 때, 그리고 쇠기 전에 부랴사랴 꺾어내려야 한다. 이러한 경우에는 일시에 많은 품이 든다. 이에 여남은씩 한 떼가 되어 돌려가며 품앗이로 일한다. 이것은 일의 권태를 잊게 할 뿐만 아니라 일의 능률까지 오르게 한다.

갈 때가 되면 산골에서는 노유(老幼, 어린이와 아이)를 막론하고 무슨 명절이나 된 것처럼 공연히 기껍다(기쁘다). 왜냐면 갈 꾼을 위하여 막걸리며, 고등어, 콩나물, 두부에 이밥(쌀밥) — 이렇게 별식(別食, 늘 먹는 음식과 다르게 만든 색다른 음식)이 벌어지기 때문이다.

농군 하면 얼뜬(얼른) 앉은 자리에서 밥 몇 그릇씩 해치우는 탐식가로

정평이 났다. 사실 갈을 꺾을 때 그들이 먹는 식품은 놀라운 것이다. 그리고 그렇게 먹지 않으면 몸이 감당하지 못할 정도로 일 역시 고되다. 높고 큰 산을 헤매며 갈을 꺾어서 한 짐 잔뜩 지고 오르내리자면 방울땀이 떨어지니 여느 일과 노동의 강도가 다르다. 그러니만큼 산골에서는 갈 꾼만은 특히 잘 먹이고 잘 대접하는 법이다.

개동(開東, 해가 뜰 때)부터 어두울 때까지 그들은 밥을 다섯 끼를 먹는다. 다시 말하면, 조반, 점심 겨누리(농사꾼이나 일꾼들이 끼니 외에 참참이 먹는 음식의 강원도 방언), 점심, 저녁 겨누리, 저녁 — 이렇게 여러 번 먹는다. 게다가 참참이 먹는 막걸리까지 친다면 하루에 무려 여덟 번을 식사하는 셈이다. 그것도 감투밥(밥그릇 위로 수북이 솟아오르도록 가득 담은 밥)으로 쳐올려 담은 큰 그릇의 밥사발로 말이다.

"아, 잘 먹었다. 이렇게 먹어야 허리가 안 휘어?"

이것이 그들이 가진 지식이다. 과로하여 허리가 아픈 것을 모르고 먹은 밥이 삭아서 창자가 홀쭉하니까 허리가 휘는 줄로만 안다. 그러니까 빈창자에 연실 밥을 메워 꼿꼿이 만들어야 허리도 펴질 것으로 알고 굳이 먹는 것이다.

갈 꾼들은 흔히 바깥뜰에 멍석을 펴고 죽 둘러앉아서 술이고, 밥이고, 함께 즐긴다. 어쩌다 동네 사람이 그 앞을 지나가게 되면 그들을 손짓으로 부른다.

"여보게 이리와 한잔하게?"

"밥이 따스하니 한술 뜨게 유?"

이렇게 옆 사람을 불러서 같이 음식을 나누는 것이 그들의 예의다. 어떤 사람은 아무개 집의 갈을 꺾는다고 하면 일부러 찾아와 제 몫을 당당히 보고 가는 이도 있다.

나도 고향에 있을 때 갈 꾼에게 여러 번 얻어먹었다. 그 막걸리의 맛도 좋거니와 웅게중게(웅기중기) 모여 한 가족같이 주고받는 그 기분만도 몹시 즐겁다. 산골이 아니면 보기 어려운 귀여운 단란(團欒, 행복)이다. 그리고 산골에는 잔디도 좋다. 산비알(산비탈)에 포근히 깔린 잔디는 저절로 침대가 된다. 그 위에 바둑이와 같이 벌렁 자빠져서 묵상하는 재미도 좋다. 여길 보아도 저길 보아도 우뚝우뚝 서 있는 모조리 푸른 산이매 잡음 하나 들리지 않는다. 이런 산속에 누워 생각하자면 비로소 자연의 아름다움을 고요히 느끼게 된다. 머리 위로 날아드는 새들도 갖가지다. 어떤 놈은 밤나무 가지에 앉아서 한 다리를 바짝 들고는 기름한 꽁지를 휘휘 내두르며,

'삐—죽! 삐—죽!'

이렇게 노래를 부른다.

그러면 이번에는 하얀새가,

'빽' 하고 날아와 앉아서는 고개를 까땍까땍(까딱까딱)하다가 도루 '빽' 하고 달아난다. 혹은 나무줄기를 쪼며 돌아다니는 딱따구리도 있고. 떼를 지어 푸른 가지에서 유희를 하며 지저귀는 꾀꼬리도 몹시 귀엽다.

산골에는 초목의 냄새까지도 특수하다. 더욱이 새로 난 잎이 한창 흐드러질 임시하야 바람에 풍기는 그 향취는 일필로 형용하기 어렵다. 말

하자면 개운한 그리고 졸음을 청하는 듯한 그런 나른한 향기다. 일종의 선정적 매력을 느끼게 하는 짙은 향기다.

뻐꾸기도 이 냄새에는 민감한 모양이다. 이때부터 하나둘 울기 시작하기 때문이다. 한 해 만에 뻐꾸기 울음을 처음 들을 때처럼 반가운 일은 없다. 우울하고 구슬픈 그 울음을 들으면 가뜩이나 한적한 마을이 더욱 느러지게(여기저기 널려 있는 모양) 보인다.

다른 곳은 논이나 밭을 갈 때 노래가 없다고 한다. 그러나 산골에는 소 모는 노래가 따로 있어 논밭 일에 소를 부릴 때면 으레 그 노래를 부른다. 소들도 세련(洗鍊, 서투르거나 어색한 데 없이 능숙하게 잘 다듬어져 있는 모양)이 되어 주인이 부르는 그 노래를 잘 이해하고 있다. 그래서 노래대로 좌우로 방향을 바꾸기도 하고, 또는 보조 속도를 느리고 주리고 순종하기도 한다. 먼 발치에서 소를 몰며 처량히 부르는 그 노래도 좋다. 이것이 모두 산골이 홀로 가질 수 있는 성스러운 음악이다.

산골의 음악으로 치면 물소리도 뺄 수 없으리라. 쫄쫄 내솟는 샘물 소리도 좋고, 촐랑촐랑 흘러내리는 시내도 좋다. 그러나 세차게 콸콸 쏠려 내리는 큰 내를 대하면 정신이 번쩍 든다.

논에 모를 내는 것도 이맘때다. 시골에서는 모를 낼 때면 새로운 희망으로 가득하다. 그들은 즐거운 노래를 불러가며 한 포기 모를 심고 가을의 수확을 연상한다. 농군에게 있어 모는 그야말로 자식과 같이 귀중한 물건이다. 모를 내고 나면 그들은 그것만으로도 한 해의 농사를 다 지은 듯싶다.

아낙네들도 일꾼에게 밥을 해내기에 눈코 뜰 새 없이 바쁘다. 그리고 큰 함지에 담아서이고는 일터까지 나르지 않으면 안 된다. 아이들은 그 함지 끝에 줄레줄레 따라다니며 묵묵히 제 몫을 요구한다. 그리고 갈 때 전후하여 송화(松花, 소나무 꽃가루)가 한창이다. 바람이라도 세게 불 때면 시내(골짜기나 평지에서 흐르는 자그마한 내) 쪽에 송홧가루가 노랗게 옮긴다.

아낙네들은 기회를 타서 머리에 수건을 쓰고 산으로 송화를 따라 간다. 혹은 나무 위에서, 혹은 나무 아래서 서로 맞붙어 일하며, 저이도 모를 소리를 몇 마디씩 지껄이다가 포복절도할 듯이 깔깔대고 하는 것이다. 이것이 오월 경 산골의 생활이다.

산 한 중턱에 번듯이 누워 마을의 이런 생활을 내려다보면 마치 그림을 보는 듯하다. 물론 이지(理知) 없는 무식한 생활이다. 그러나 좀 더 유심히 관찰하면 이지 없는 생활이 아니고는 맛볼 수 없는 그런 순결한 정서를 느끼게 된다.

내가 고향을 떠난 지 한 사 년쯤 되었다. 그동안 얼마나 산천이 변했는지 모르겠다. 그러나 금쟁이(금광업자)의 화를 아직 입지 않은 곳이매, 상전벽해(桑田碧海, 뽕나무밭이 변하여 푸른 바다가 된다는 뜻으로, 세상일의 변천이 심함을 비유적으로 이르는 말)의 변(變, 변화)은 없으리라.

내내 건재(健在)하기 바란다.

— 1936년 6월 《조광》

라일락숲에

내젊은꿈이나비같이앉은정오

계절의여왕오월의푸른여신앞에

내가웬일로무색하고외롭구나

밀물처럼가슴속밀려드는것을

어찌하는수없어

눈은먼데하늘을본다

긴담을끼고외진길을걸으면

생각은무지개로핀다.

_ 노천명, 〈푸른 오월〉 중에서

우리 소
_이광수

사릉(지금의 경기도 남양주시 진건읍 사릉리)에서 농사를 짓기 위해 동대문 밖 우시장에서 소 한 마리를 산 것이 지난 삼월이다. 사실 육만 원이면 나 같은 사람에게는 무척 큰돈이다. 내가 가진 논밭 전체의 값과 맞먹기 때문이다. 그래서 소를 사니 안사니 하는 문제로 우리 내외는 두 달 동안 의논도 하고 다투기도 많이 했다. 십만 원어치도 안 되는 농토를 갈겠다며 육만 원짜리 소를 산다는 것이 어찌 보면 배보다 배꼽이 큰 듯했기 때문이다. 그러나 농군도 없는 농사에 소까지 없어서는 품을 얻을 수 없을 듯했고, 또 소를 안 먹이고는 거름을 받을 길이 없기에 결국 소를 사기로 했다.

한 번도 소를 가져 본 일이 없는 우리로서는 소를 사는 것이 우선 큰 문제였다. 소란 네 발에 두 뿔을 가졌고, 잡아먹으면 맛이 있다는 것밖에 모르는 우리로서는 어떻게 소를 고르는지 그 기준은 물론 그 값조차 짐작

할 수 없었다. 이에 혹시 없는 돈에 속아서 사는 것은 아닐지 걱정이 되기도 했고, 만일 그랬다면 두고두고 속이 상할 것만 같았다.

소를 살 때는 입을 벌려서 이를 보고 나이를 알고, 걸음을 걸려 보고, 꼴을 먹여 보고… 이 모양으로 한다는 말을 이 사람 저 사람에서 얻어들었다. 그러나 지식이란 경험 없이 그 효과를 얻을 수 있는 것이 아닌 듯싶었다. 이에

"속는 셈 치고 사자. 아무리 속기로서니 소 대신 개가 오랴."

하는 배짱을 대고 소 장날을 기다렸다

눈 감으면 코 베어 간다는 것도 호랑이 담배 먹을 때 얘기요, 지금 세상은 눈깔 후벼내고 코 떼어간다는 세상이다. 믿을 사람이 어디 있나. 모두 도적놈으로 알라는 말을 날마다 듣는 세상이다. 그러나 나는 세상이 이렇게까지 변했다고는 생각하지 않는다. 천에 하나 또는 만에 하나 악한 사람이 있으면 세상이 온통 악해 보이는 것이다. 아마 천 명 중에 악인이 하나라면 삼천만 동포 중에 악인이 삼만 명쯤, 만 명에 하나라면 삼천 명쯤 속이고 훔치는 사람이 있을 뿐이다. 그렇다면 그다지 겁낼 것도 없었다.

그러던 중 마침내 소 장날이 되었다. 소를 사러 가는 일행은 모두 세 사람이었다. 아내와 나와 함께 농사를 지을 박 군, 그리고 또 하나는 내 동서되는 박 서방이다. 그중에서 쇠고삐를 한 번이라도 잡아 본 것은 박 군뿐인데, 이 이도 삼십이 넘도록 책만 보던 패요, 내 동서는 돌구멍안(성문 안이라는 뜻으로, 서울 성안을 속되게 이르는 말)에서 나서 남으로는 한강, 북으로는 모악재(무악재)까지 밖에 못 나가 보고 환갑을 넘긴 노인이었다. 더구나 내

아내는 뿔이 있고 없는 것으로 겨우 소와 말을 구별하는 위인에 지나지 않았으니, 소를 입도 벌려 보고, 걸음도 걸려 보는 것은 모두 박 군이 할 일이었다. 하지만 그 역시 그다지 자신 있는 것 같지는 않았다. 박 서방은 허우대와 소 묘리를 잘 아는 것처럼 뽐내서 거간(居間, 거간꾼. 사고파는 사람 사이에 들어 흥정을 붙이는 일을 하는 사람)과 소 장수를 위협하는 소임을 맡았다.

그렇게 해서 사 온 것이 지금 우리 소다.

소는 다 떨어진 짚세기(짚신)를 신고 동대문 밖 시장에서 사 십리 길을 걸어서 내 사릉 집으로 왔다.

지난해 만 원 이만 원 하는 바람에 웬 떡이냐며 소를 다 팔아먹고, 이제 육만 원 칠만 원, 크면 십만 원을 훌쩍 넘으니 다시 소를 살 수 없어서 칠십 호 남짓한 농촌 마을에 우차(달구지) 소 다섯 마리밖에 없는 동네라 우리 집에서 소를 사 왔다는 것은 큰일이 아닐 수 없었다. 마치 새색시라도 들어온 것처럼 어른이나 아이 할 것 없이 우리 소를 보러 왔다. 그러고선 한 마디씩 뼈 있는 말을 했다. 본래 친분이 있는 점잖은 이들은 주인이 듣기 싫은 소리는 삼가지만, 나와 면식이 없는 젊은 축들은 대부분 우리 소를 두고 험담을 하였다. 그중에

"어, 자빠뿔이다."

하는 사람이 있었다. 자빠뿔이가 뭐냐고 물었더니, 뿔이 앞으로 뻗지 않고 뒤로 자빠진 걸 그렇게 부른다고 했다. 그 말을 듣고야 나는 비로소 우리 소의 뿔이 남과 다른 것을 알았다. 이 동네 어느 소도 우리 소처럼 뿔이 뒤로 자빠진 것은 없었다. 모두 앞으로 향하였다.

"우리 소는 인자한 소야. 뿔은 있어도 받지 않거든."

나는 어떤 사람을 보고 이렇게 얘기하였다. 그러자 그 사람은,

"흥! 그건 자빠뿔 소가 심술 나면 무서운 줄 몰라서 하는 말이오. 자빠
뿔이 호랑이 잡는다는 말도 못 들었소?"

하고 코웃음을 쳤다. 이에 나는

"평소에는 순하다가 호랑이를 보면 기운을 내는 것이 잘난 것 아니
오."라며 그 사람의 코웃음을 반박하였다.

나는 정말 우리 소를 그렇게 생각하고 싶었다.

"허, 그 소 살 많이 쪘다."

이것은 우리 소가 마른 것을 두고 비웃는 말이었다. 마르기는 과연 말
랐다. 소 장수 말이, 이 소가 칠백 리를 걸어 온 길소라며, 한 보름만 잘 먹
이면 윤이 찌르르 흐를 것이라고 하였다. 소는 삼남 소라야 좋다는데, 칠
백 리라면 적어도 대전 아래쪽이니 삼남 소임이 분명하고 발에 신긴 짚
세기를 보아도 먼 길을 온 것임이 분명했다. 사실 '길소'란 말도 나는 처
음 듣는 말이었다.

털빛이 윤기가 없다느니, 뒷다리가 어떠니, 무엇이 어떠니 하고 사람
마다 한 가지씩 보는 흉이 참 많기도 했다. 하도 흉보는 것을 들으니 일변
심사도 나고 낙심이 되기도 했다. 그러나 사람들의 말을 모두 믿을 수 없
음을 곧 알게 되었다. 어떤 사람은 우리 소가 너무 어리다고 하는가 하면,
또 어떤 사람은 너무 늙었다고 했기 때문이다. 그러므로 비평가라는 사
람의 대부분은 세상의 다른 비평가들 모양으로 그다지 근거 없이 아는

체하는 자들임이 분명했다.

나와 박 군은 어떻게 해서라도 우리 소가 남의 흥을 안 듣는 소가 되도록 잘 먹이자고 결심했다. 이에 콩, 콩깍지, 등겨며, 짚도 썩 좋은 것을 구해 비싼 장작을 아낌없이 때어 가며 죽을 끓여 먹였다.

"흥, 주제에 먹새(먹음새 또는 먹성)는 잘하네."

사람들은 우리 소가 궁(구유. 소나 말 따위의 가축들에게 먹이를 담아 주는 그릇)이 밑에 한 방울 국물도 남기지 않고 다 먹는 것도 코웃음 쳤다. 아무려나 우리소는 이 동네에 들어와서 몇 사람이 손꼽아 셀 만하게,

"소 순하다."

"먹기는 잘 먹네."

"한참 잘 먹이면 논은 갈 것 같소."

라는 칭찬을 들었을 뿐이고, 열이면 아홉은 우리 소를 못난 소로 돌려버렸다. 열 번 찍어서 안 넘어가는 나무 없다고, 하도 다들 흥을 보니까, 나 역시 우리 소가 정말 못난이가 아닌가 하고 마음이 찜찜해졌다.

"박 군. 우리 소가 자네나 내게 꼭 맞는 소일세. 그러고 보면 세 못난이가 모였네! 그려."

하고 웃었다.

그런데 하루는 C라는 글 잘하는 노인이 우리 집에 왔다 가는 길에 대문밖에 매어 놓은 우리 소를 보고,

"허, 그 소 참 좋다!"

하고 칭찬하는 말을 하였다. 나는 그 노인이 점잖은 이라고 알고 있었

기에 매우 기뻐하며 되물었다.

"다들 우리 소를 못난이라고 흉보는데 선생께서는 뭘 보시고 우리 소를 칭찬하시오?"

노인은 지팡이 머리에 두 손을 포개서 얹은 후 매우 유쾌한 듯이,

"사전에 황우흑순(黃牛黑脣)이라는 말이 있지 않소. 이 소가 바로 황우흑순이오. 털은 누르고 입술은 검거든. 털이 누른 소는 흔하지만, 입술 검은 것은 매우 드물다오. 그러니 이 소는 순하고 일 잘할 것이오."

하고 자신 있게 말하였다.

황우흑순이란 말이 얼마나 과학적인 근거를 가진 것인지는 모르지만, 그것이 삼천 년 전 문헌인 것과 또 그것을 내게 말한 이가 팔십을 바라보는 늙은 선비인 것만 봐도 우리 소를 위해서는 큰 영광임이 분명했다.

나는 그때부터 황우흑순이라는 문자 하나로 우리 소에 대해서 자신을 얻었다. 그러나 걱정은 한 달이 넘고 두 달이 되도록 계속되었다. 계숙이 어머니가 동넷집 뜨물까지 얻어오고, 박 군이 정성을 다해 쇠죽을 끓여 먹였건만 영 살이 찌지 않았기 때문이다. 다른 소들은 다 털을 벗고 암내를 내서 영각(소가 길게 우는 소리)을 하는데, 우리 흑순만은 길마(짐을 싣거나 수레를 끌기 위해 소나 말의 등에 얹는 안장) 자리가 민숭민숭하게 닳아져서 털이 한 대도 나오지 않고, 털이 있는 부분 역시 꺼칠하고 누덕누덕한 그대로였다.

"이거, 어디 소 구실이나 하겠어. 내다가 팔고 돈 만 원쯤 더 쳐서 다른 소를 사 와야지 원. 이래서 어디 올해 농사나 짓겠나."

소아비로 정한 T서방까지 날마다 이런 소리를 했다. 그럴 때마다 나는,

"소 흉보지 마요!"

라며, 우리 소를 위해 변명을 하였다. 내 변명의 요지는,

"이 소가 삼남 어느 가난한 집에 태어났거나 팔려가서 잘 얻어먹지 못하고 짐실이를 하였다. 등에 털 한 대 없는 것을 보면 알 것 아니냐. 그러다가 칠백 리 길을 소 장수에게 끌려서 걸어올 때 오장에 있던 기름까지도 다 마른 것이다. 그러니까 그동안 한 가마나 먹은 콩이 이제 겨우 내장에 잃은 기름을 채웠을 것이니 머지않아 털을 벗고 살이 찌리라."

라는 것이었다.

과연 내 말이 맞았다. 청명 때 채마밭_(채소밭)을 갈 때쯤부터 우리 소를 흉보던 입들이 쑥 들어갔기 때문이다. 이에

"곧잘 끄는데."

라는 소리를 듣게 되었을 뿐만 아니라 장작을 가득 실은 마차 역시 끌수 있게 되었다. 그러자 '나도 나도' 하며 다들 우리 소를 빌리러 왔다.

이제 우리 소는 논갈이, 써레질 등 무엇이나 다 잘하게 되었다. 역시 황우흑순이다!

"이거 못 쓰겠으니 팔아서 다른 소로 바꾸자"던 소 아비 T씨를 써레질하다가 보기 좋게 둘러메친 것은 거짓말 같은 일이었다. 설마 "네가 내 흉을 보았겠다!" 하고 그런 것은 아니겠지만, 사람이 흉보는 말이 소인들 통하지 않을 리 없다. 하물며 우리 소는 황우흑순이 아닌가.

우리 소는 쉴 새 없이 우리 동네 사람들의 논을 갈았다. 오늘도 비가 오는데도 멍에_(수레나 쟁기를 끌기 위하여 마소의 목에 얹는 구부러진 막대)에 터진 목으

로 동넷집 논을 갈러 갔다. 박 군이 쑤는 쇠죽가마에서 구수한 풀 향기가 무럭무럭 나건만, 우리 흑순은 아직도 아픈 목을 참고 연장을 끌고 있는 모양이다. 아마 반 시간 정도면 흑순이 시장한 배를 안고 허겁지겁 대문으로 들어와 외양간으로 들어가서 그 순하고 큰 눈을 뒤룩뒤룩하면서 쇠죽 가마 쪽으로 고개를 돌리고 귀를 기울일 것이다.

밤이면 내 베개에까지 그 곤한 숨소리가 들려온다. 그 때문에 일을 너무 많이 해서 너무 고단한 것은 아닌지 걱정이 들기도 한다. 그도 그럴 것이 요새 들어 살이 쭉 빠졌다.

하지가 앞으로 일주일밖에 남지 않았으니 모내기도 그 안에는 모두 끝날 것이다. 그리되면 우리 흑순은 온종일 풀밭에 누워 쉴 수 있을 것이다. 우리 흑순의 터진 목덜미가 아물고 투실투실 살이 오를 날도 멀지 않다. 수고한 자는 쉴 날이 있어야 할 것이 아닌가.

—1947년

* 추위가 채 가시지 않은 3월 어느 날, 한아버지는 불의의 사고로 죽은 여덟 살 아들에게 다음과 같은 편지를 띄운다.

"아직도 문소리가 날 때마다 혹시나 네가 들어오는가 싶어 고개를 돌린다. 큰 길가에서 전차와 자동차를 보고 서 있지는 않은지, 장난감 가게에서 갖고 싶은 장난감을 못 사서 시무룩하게 서 있지는 않은지, 대문간에 동네 아이들을 모아 놓고 딱지치기를 하고 있지는 않은지…. 금방이라도 네가 "엄마, 엄마, 엄마"하고 뛰어들어올 것만 같구나. … (중략) … 하지만 아침 상머리에 네가 없음을 알고 아빠는 눈물이 쏟아진다."

춘원 이광수는 몹시도 사랑하던 아들 봉근이 죽자 큰 충격을 받는다. 이에 아들이 살아 있을 때 아무것도 해준 것이 없는 자신을 못난 아비라 부르며 일 년여에 걸쳐 보낼 수 없는 편지를 쓴다. 그런데 불과 한 달여 만에 또 사랑하는 조카딸을 잃고 말았다. 그 슬픔이 얼마나 깊었으면 '슬픔 위에 덧쌓이는 슬픔이여!'라고 했을까. 그래서일까. 이후 그는 무척 괴로워하며 한동안 글쓰기를 중단했다고 한다.

그는 한국 현대문학의 실질적인 기초를 다진 근대문학의 개척자로 일컬어진다. 그의 작품은 쉽고 매끄러운 문장, 풍부한 어휘 면에서 높은 평가를 받는다. 특히 일상생활에서 자주 쓰이는 쉬운 단어를 절묘하게 사용해 주옥같은 문장을 엮어냈다. 그러나 그의 행적이 문제가 되었다. 한때 3·1 독립선언서의 기초가 된 2·8독립선언서를 작성하는 등 독립운동에 가담하기도 했지만, 결국 변절한 나머지 '민족개조론' 등을 앞세우며 친일파라는 오명을 남겼기 때문이다. 과연 그는 자신의 친일 행각에 대해서 어떤 생각을 갖고 있었을까.

"내가 조선 신궁에 가서 절하고 카야마 미쓰로(香山光郞)로 이름을 고친 날 나는 벌써 훼절한 사람이었다. 전쟁 중에 내가 천황을 부르고, 내선 일체를 부른 것은 일시 조선 민족에 내릴 듯한 화단을 조금이라도 돌리고자 한 것이지만, 그러한 목적으로 살아 있어 움직인 것이지만, 이제 민족이 일본의 기반을 벗은 이상 나는 더 말할 필요도, 말하지 않을 필요도 없는 것이다."

— **이광수, 〈나의 고백〉 중에서**

그는 자신의 행동에 대해서 그리 심각하게 생각하지 않은 듯하다. 정당화한 측면이 강하기 때문이다.

지난해 그의 이름을 딴 문학상을 제정한다고 해서 말이 많았다. 하지만 결국 친일 논란 때문에 철회되고 말았다. 평론가 김현의 말처럼, 그는 아직도 '만질수록 덧나는 상처'임이 틀림없다.

뻐꾸기와 그 애

_이광수

　오늘 새벽—새벽이라기보다는 이른 아침에 홀로 명상에 잠겨 있을 때 참새와 멧새의 예쁜 소리와 함께 비둘기가 구슬프게 우는 소리가 들렸다. 어제 내린 봄비에 그렇게도 안 간다고 앙탈을 부리던 추위 역시 가버렸다. 그래서인지 오늘 아침에는 자욱하게 낀 봄 안개며, 감나무 가지에 조롱조롱 구슬같이 매달린 물방울, 겨우내 잠잠하다가 목이 터진 앞 개울물 소리 역시 여느 때와 다르다. 여전히 춥기는 하지만 비로소 봄맛이 난다. 불현듯 나는 봄기운 어디선가 끊일락 말락 비둘기 소리가 갑자기 들려온다. 올해 들어 처음 듣는 비둘기 소리다. 하지만 마음이 슬프기 때문일까. 오늘따라 비둘기 소리가 유난히 슬픔을 자아낸다.

　그 애가 듣고 슬퍼하던 것은 뻐꾸기 소리지 비둘기 소리가 아니었다. 그러나 뻐꾸기가 울려면 아직도 한 달은 더 있어야 할 것이다.

"아이, 뻐꾸기 소리가 너무 슬퍼요. 만일 나도 죽으면 뻐꾸기가 되어 이 산 저 산 다니며 슬피 울어나 볼까요?"

아이는 바짝 여윈 낯에 시무룩한 표정으로 이렇게 말하곤 했다. 그래서인지 비둘기 소리만 들어도 나는 그 애 생각이 난다. 하물며 뻐꾸기 소리가 들리면 얼마나 더 그 애 생각이 날까. 사과 꽃이 피고, 감나무 잎이 파릇파릇해지면 낮이 되면 겹옷은 덥고 홑옷은 이른 때에 그애는,

"아이, 또 저놈의 뻐꾸기가 또 우네. 왜 하고 많은 산 중에서 하필 요기만 와서 울어?"

하고 자리에 누워서 일어나지 못하던 때는 아직도 두 달이 넘어 남았다.

오월의 어느 날 아침, 그날따라 창밖에서 뻐꾸기가 유난히 울어대 단잠을 깨고 말았다.

"아이, 뻐꾸기가 우네. 그 애가 또 얼마나 슬퍼할까?"

그러면서 나는 눈물이 고이고 있음을 깨달았다. 그렇게도 마음이 착했던 아이, 이 년 동안이나 긴 병을 앓으면서도 짜증 한 번 내지 않았던 아이, 제 아버지가 화를 내면 못 들은 척 가만히 있고, 어머니가 화를 내면,

"어머니도 참, 뭘 그런 거로 화를 내세요? 다 내 운명이죠, 뭐. 그 사람 탓을 해서 뭐해요?"

하고 양미간을 살짝 찌푸릴 뿐 착하기 그지없던 아이, 그렇게 열이 오르내리고 몸이 괴로워도, 내가 제 방에 들어갈 때면 빙그레 웃어주던 아이, 전문학교까지 다녔음에도 어느 남자와 마주 서서 말조차 해본 적이

없던 아이…….

그 애를 그렇게 지독한 모욕과 실연의 아픔을 맛보게 한 책임은 바로 내게 있었다. 하지만 그 애는 나를 원망하기는커녕, 제 부모가 나를 원망이라도 하면 이렇게 말하곤 했다.

"아저씨가 다 나 잘되라고 그런 것이지 설마 못 되라고 그랬겠어요? 그리고 아저씨인들 얼마나 마음이 아프시겠어요?"

그렇게 착한 아이였다. 하지만, 지금 그 애는 자리에 누워 죽을 날만을 기다리고 있었다.

뻐꾸기의 애끓는 소리를 듣고 있으려니 더는 견딜 수 없어 세수도 하지 않은 채 가마골 숲 사이에 있는 그 애의 집을 찾았다. 그 아이가 뻐꾸기 소리를 듣고 오늘은 또 얼마나 슬퍼할지 생각하니 가슴이 저려왔다. 하지만, 아아! 방에 들어가 보니, 아이는 벌써 다시 깨지 못할 잠이 들고 말았다. 해쓱한 얼굴에는 편안하게 잠든 어린애와 같은 평화가 묻어나고 있었다. 손도, 이마도 싸늘하게 식고, 발랑발랑(걸쭉한 액체가 자꾸 작은 방울을 튀기며 끓는 소리 또는 그 모양)하던 가슴은 고요하기 그지없었다.

스물네 살의 짧은 인생. 꽃으로 치면 활짝 피어 보지도 못한 채 방싯(소리 없이 살짝 열리는 모양) 봉오리가 열리다가 하룻밤 된서리에 시들어 버리고 만 가여운 인생이었다.

이제는 그렇게 슬퍼하던 뻐꾸기 소리도 들을 수 없다. 또 그 곁에서 얼이 빠진 채 울지도 못하는 아이의 어머니와 아버지의 슬픔 역시 알 수 없다. 오직 고요한 적멸뿐이다. 어린 가슴에 박힌 독한 칼자국의 쓰라림도 이제는 없다. 그의 생명을 씹던 모든 균, 배신당한 사랑의 아픔, 미워해야 할 사람이건만 미워하지 못하는 순정, 백년가약을 굳게 언약하고 맹세하던 사람이 다른 여자의 남편이 되었어도 그를 단념하지 못하던 애끓음……. 이것도 이제는 지나간 한바탕 꿈에 불과하다. 어디서 왔으며, 어디로 가는고? 구름같이 나타났다가, 구름같이 스러지는 인생.

아이 아버지 말에 의하면, 아이는 죽을 때까지 제 아버지를 걱정했다고 한다.

"새벽 네 시나 되었을까. '아버지 피곤하실 테니, 어서 가서 주무세요. 저도 몸이 편안해져서 오늘은 잘 수 있을 것 같아요. 아버지 주무시는 것 보고 나도 잘 테니, 어서 가서 주무세요.' 라고 하기에, 한 시간쯤 누웠다가 일어나보니, 아까 그 모양 그대로 누워서 꼼짝도 하지 않는구려."

그러면서 한마디를 덧붙였다.

"나는 자는 줄만 알았다오."

과연 자는 것이었다.

의사가 일주일을 못 견디리라는 선고를 내린 후 저 먹고 싶은 것이나 실컷 먹이고 고통이나 없이 해달라고 해서 마취제 처방을 받은 것이 바로 칠팔일 전이었다. 그래도 설마 하는 것이 골육(骨肉, 조부모, 부모, 형제 등과 같이 혈족 관계가 있는 사람)의 정이다.

사오일 전쯤 얼굴을 보러왔을 때였다. 나를 볼 때마다 빙그레 웃던 표정이 얼굴에서 사라지고 없었다.

"오늘은 왜 웃지 않니? 웃어라."

"아저씨가 들어오시기 전에 웃었는데, 몸이 너무 부어서 웃는 것이 안 좋아 보일까 봐요."

그러면서 웃으려고 했지만, 근육이 제 마음대로 움직이지 않는 모양이었다.

"그래 웃어라, 응?"

나는 슬픔을 참노라 입술을 깨물었다.

그 애가 간 줄도 모르고 뻐꾸기는 여전히 울었다.

우리는 뻐꾸기 소리를 들으며 그 애를 염습(殮襲, 죽은 이의 몸을 씻긴 뒤에 수의를 입히고 염포로 묶는 일)하고, 관에 넣고, 상여에 담았다. 그리고 뻐꾸기 소리를 들으며 홍제원 화장터로 가서 그 아이의 시신을 무쇠 가마에 넣었다.

한 시간 반이 지난 후 나는 아이의 아버지와 또 한 사람과 함께 아이의 유골을 찾으러 갔다. 쇠 삼태기에 그 애의 명패가 서고, 재 한 줌과 타다 남은 하얀 뼈 두어 조각, 옥같이 맑고 투명한 뼈 두어 조각. 그것이 그 아이의 전부였다. 또한, 그것이 그 애의 깨끗하고 착한 일생을 말해주고 있었다.

남아 있던 뼈 두어 조각을 마저 부스러뜨리니, 그야말로 남는 것이라고는 재 한 줌이라기보다 먼지 한 줌에 가까웠다. 이것이 바로 며칠 전까지도 나를 보며 웃어주던 그 아이였다.

며칠 전 아이는 불쑥 내게 이런 말을 했다.

"아이, 뻐꾸기가 또 우네. 많고 많은 산 다 놔두고 왜 하필 여기 와서 울까? 나도 죽으면 뻐꾸기가 되어 이 산 저 산 돌아다니면서 울어나 볼까?

아저씨, 이번에 만일 살아난다면 스님이 되고 싶어요. 그래서 절에 가만히 앉아서 목탁이나 치고 염불이나 할래요."

과연 아이의 말을 믿어야 할까.

혹시 금시(今時, 바로 지금)에 어디에서 그 애가,

"아저씨, 나 여기 있어요."

라며, 웃으면서 나오지는 않을까.

나는 작년에 여덟 살 된 아들 봉아를 잃고 한 달이 지날 즈음, 다시 사랑하는 조카딸을 잃고 말았다. 슬픔 위에 덧쌓이는 슬픔이여! 그러나 사람이란 누구나 다 한 번은 죽는 것을, 누구나 다 한 번은 죽는 것을.

오늘 아침 내가 들은 비둘기 소리를 그 애의 아버지와 어머니가 들으면 얼마나 슬퍼할까. 그러니 내가 비록 그 애를 생각하며 슬퍼한들, 어찌 낳고 기른 부모에 비길 수 있으랴.

오늘 비둘기가 울었으니 얼마 후면 뻐꾸기도 울 것이다. 하지만 그 뻐꾸기 소리를 차마 어찌 들을꼬? 비록 제 부모만은 못하더라도 나 역시 그 애의 기억을 소중하게 가슴 속에 품고 있는 것을. 그렇게도 착하고, 그렇게도 깨끗하던 아이. 아마 살아 있는 동안 그 아이를 평생 잊지 못할 것이다.

아아, 또 비둘기가 운다.

— **1936년 5월 《사해공론》**

봄이 혈관 속에 시내처럼 흘러

돌,돌,시내가차운 언덕에

개나리,진달래,노―란배추꽃

삼동을 참아온 나는

풀포기처럼 피어난다.

즐거운 종달새야

어느 이랑에서나 즐거웁게 솟처라.

푸르른 하늘은

아른,아른,높기도 한데……

_윤동주, 〈봄〉

Part 2 꽃이 핀다,
그리움이 터진다

봄을 맞는 우리 집 창문

_강경애

여기는 아직도 백설(白雪)이 분분(粉粉, 산산조각이 남)하여 봄의 기분을 쉬이 맛볼 수 없다. 그러나 모질게 몰아치는 그 바람과 어지럽게 떨어지는 그 눈송이에도 여인의 바쁜 숨결 같은 것을 볼 위에 흐뭇이 느끼게 됨은 봄이 오는 자취가 아닐까.

나는 바느질을 하다 말고 멍하니 유리창을 바라본다. 오늘 저 유리문은 햇빛을 고이 받아 환히 틔었다. 언제나 저 문엔 누가 그리는 사람도 없는데 갖가지 그림이 아로새겨진다. 때로는 제법 어떤 화가의 손으로 정성스레 그려진 듯이 산이 솟아 있고, 물이 흐르고, 망망(茫茫, 넓고 멀어 아득한 모양)한 바다에 흰 돛대가 오똑 솟아 초승달마냥 까부라져 있다. 그런데 오늘은 아무것도 그려져 있지 않고 파란 하늘을 한 가슴 가득 안고 있다. 우리 고향 뒤뜰 풀숲 속에 숨어 있는 박우물처럼 맑게 하늘을 안고 있다.

앞집 뜰에 서 있는 포플러나무가 우리 뜰의 것처럼 가깝게 보이고, 앞집 지붕에 녹다 남은 눈 떨기는 가을의 목화송이처럼 여기저기 널려 있다. 포플러 가지가지는 하늘을 바라보고 까맣게 솟아 있다. 그 가지 끝이 뾰족함은 하늘을 그리워 파리해진 듯하고, 제각기 하늘을 쳐다봄은 역시 하늘을 얼마나 그리워함일까.

어디선가 참새들이 포르릉포르릉 날아와서 나뭇가지 임금(林檎, 능금. 즉 사과)처럼 매달리고 있다. 손을 내밀어 한 놈 똑 따서 먹고 싶다. 그 임금은 살아서 파닥파닥 날아다닌다. 빨갛게 익은 가을 임금처럼 미각으로써 나를 유혹하기보다 그들의 가슴에 방금 끓고 있을 삶이 나를 끌고 있다. 그들의 가슴에 빨간 피가 있기에 임금 같으면서도 톡톡 튀어 다니는 것이요. 그 예쁜 머리를 되툭되툭하여 먹을 것을 찾는 것이 아니뇨.

'이리 온, 내 쌀 한 줌 줄게.'

내 입에서는 부지중에 이런 말이 나오려고 옴씰옴씰(깜짝 놀라서 잇따라 몸을 뒤로 조금 움츠리는 모양)한다. 그러나 새들은 내 맘을 아는지 모르는지 가지에서 가지로 오르내리며 재재거리고 있다.

저들은 필시 하늘에 올라갔다가 왔음인지 날개마다 하늘이 물들었고, 그 동그란 눈엔 하늘이 파랗게 떠 있다. 간혹 나뭇가지 그림자도 그 눈에 가로질리나 그것은 잠깐이요, 하늘에 동동 떠 있는 흰 구름이 그들의 눈에 눈곱처럼 끼어 있다.

그들의 가슴에 있는 보드랍고 따뜻한 털에는 구름을 거슬러 날던 자취가 아직도 남아 있을 게고, 지금 싸늘한 나뭇가지가 그들의 가슴에서 포근히 녹고 있을 것이다. 그 주둥이 같은 움이 가지에서 파랗게 돋지 않으려나.

갑자기 그들이 후르르 뜰에 떨어진다. 예전 밤알처럼 뒹굴고 있다. 치마 앞을 벌리고 한 알 두 알 주워 넣고 싶다. 그러면 치마 속에서 또 파닥파닥 날뛸 테지. 그리고 노르칙칙한 새 냄새가 몰씬몰씬 내 코밑에 부딪히겠지.

밤알은 대굴대굴 굴러다니며, 내가 버린 구정물에서 쌀알을 골라 쪼아 먹고 있다. 그 조그만 쌀알이 어쩌면 저리도 잘 보일까. 눈도 밝지, 돌 아래 흙 속에 묻히어 있는 쌀알을 기어이 얻어내고야 만다. 그 눈은 아마도 밤하늘의 별인가보다.

그 갸웃거리는 조그만 목에 누가 저리도 하얗고 부드러운 목도리를 해주었을까. 어느 산기슭에서 포근히 잠들었을 때 그 위로 살살 감돌던 안개란 놈이 그들의 따뜻한 목에 감긴 게지.

그들은 포르릉 날아 아까 그 나뭇가지로 올라간다. 뭐라고 열심히 재재거리는데, 난 알아들을 수가 없다. 재미난 옛날이야기이거나 앞으로 살아갈 이야기를 하는 모양.

나뭇가지는 하늘이 전해주는 무슨 소식이나 있을까 하여 가지마다 긴장되어서 가만히 그들의 털에 귀를 대고 있다. 그들은 주둥이로 나뭇가지를 간지럽게 톡톡 쪼아댄다.

그 모습이 마치,

"봄이 온단다, 곧 봄이 온단다."

라고, 하는 것만 같다.

그들은 포르릉 날아간다. 그들이 날아간 곳을 바라보니, 하늘이 깊은 호수처럼 파랗게 개었다.

그들은 얼마나 자유로울까. 저 하늘은 저들을 위하여 저리도 넓고 깊고 또 저리도 파란 것 같다.

나는 문득 창문을 쳐다보았다.

"한 푼 줍쇼."

어린 거지가 창문 밖에 서서 나를 보고 머리를 수굿한다(고개를 조금 숙임). 그 보기 싫게 좋은 머리며, 때가 낀 얼굴, 남루한 옷주제에, 나는 무의식간에 얼굴을 찡그렸다. 그리고 어서 속히 쫓기 위하여 지갑에서 돈 한 푼을 꺼내 내쳐 주었다.

"고맙습니다."

어린 거지는 나가버린다. 나는 거지의 신발 소리가 사라지자 참새들과 어린 거지를 문득 비교해 보았다.

3월 14일 아침.

— 1936년 3월 《삼천리》

* 아직 눈발이 드문드문 날리기는 하지만 마음속에는 이미 봄이 온 듯하다. 맑게 갠 하늘과 지저귀는 새를 보며 봄을 기다리는 마음이 마치 한 폭의 맑은 수채화처럼 잘 묘사되어 있다.

입춘入春을 맞으며

_최서해

소한이 지나고 대한도 지나갔다. 이제 이틀 밤만 자면 입춘이다. 대한과 소한을 앞에 두고 태산 너머 아득하게 보이던 입춘도 이제는 내일모레다.

입춘이 가까워졌다고 생각하니 그런 것이 아니라 어쩐지 마음 한 귀퉁이가 겨울의 위협으로부터 벗어난 것처럼 느긋해졌다. 입춘을 지나더라도 앞에 찬 기운을 머금은 절기가 없는 것은 아니지만, 입춘만 지나면 따스한 볕이 늘 흐를 것만 같다. 봄이 마음에 먼저 왔기 때문일까.

얼마 동안 풀렸던 날이 어제오늘은 다시 추워졌다. 마지막 위세를 보이는 입춘 추위인지는 몰라도 그렇게 소홀히 볼 추위는 아니다.

아침에 일어나 보니 책상머리의 잉크가 얼었다. 그런데 어쩐 일인지 몹시 추운 날이라는 생각은 하면서도 추위를 대하는 마음만은 그리 긴장이 되지 않았다. 힘 빠진 독부(毒婦)의 눈처럼 매서운 맛이 없는 추위이기 때문이다.

서리가 뿌옇게 지나간 앞집 초가지붕에 흐르는 맑은 볕을 보라. 또 그 저편에 맑게 갠 하늘을 떠받친 채 얼크러진(일이나 물건 따위가 서로 얽힘) 앙상한 나뭇가지를 보라. 어디라고 할 것 없이 봄 기운이 흐른다. 그것은 부족한 나의 말로는 도저히 표현할 수 없는 것이다. 어디서, 언제 날아왔는지 무너진 담머리에서 지절거리는 두어 마리 참새의 등에도 윤기가 흐른다. 눈에 비취는 모든 것은—그것을 보는 내 마음까지도 앵두 빛 같은 어린아이의 입술에 흘러드는 어머니의 젖에 젖은 것만 같다.

천지는 이렇게 한 걸음 두 걸음 만물을 키우는 어머니의 품으로 옮겨 가고 있다. 옮기는 소리는 없어도 옮기는 자취는 어제가 다르고 오늘이 다르다. 이렇게 날이 갈수록 확연히 달라질 것이다.

실개천 가에 실버들이 늘어지고, 먼 산에 아지랑이 흐를 때가 머지않았다. 온갖 것에 기름이 흐르고, 온갖 것이 늘어나서 따스한 햇살 아래 스쳐 가는 실바람에 방실거릴 것이다. 그런 천지 사이에 그러한 혜택에 젖지 못하는 것은 오직 사람뿐일 것이다.

빛나는 햇살을 보라. 어찌하여 사람은 그 혜택을 받을 수 없는가? 입춘이 지나면 과연 어떤 햇살이 비칠까. 눈은 작년처럼 녹고, 싹은 작년처럼 돋아날 것이다. 아, 어머니의 품도 하후하박(何厚何薄, 누구에게는 후하고 누구에게는 박하다는 뜻으로, 차별하여 대우함을 이르는 말)이 있던가.

—1930년 3월 〈별건곤〉

봄을 맞는다

_최서해

"봄을 맞는다."

말만 들어도 좋다. 그러나 사람이 봄을 맞는지, 봄이 사람을 맞는지 분간하기 어렵다. 내 생각에는 아직도 혈관에서 붉은 피가 소용돌이를 치니까 봄을 맞는다는 말이 나오나 보다. 하지만 사람이라는 것도 죽기만 하는 것은 아니다. 나고 죽고 나서 "중생은 무궁무진한 것이니라." 라고 한 부처님의 말씀이 아니라도 우리는 우리의 경험으로써 사람의 끈이란 억천만 대의 꿰어놓은 한 구슬 꾸러미인 것을 알 수 있다. 그러니 가고 오고, 오고 가는 봄의 생명인들 별다를 바 없다.

그러고 보면 '봄을 맞는다'는 말은 사람이 봄을 맞는지 봄이 사람을 맞는지 더욱 분간하기 어렵다. 그러나 그것은 우리에게 큰 문제는 아니다. 봄이 사람을 맞든지 사람이 봄을 맞든지 그것은 아무런 상관없는 일이기 때문이다.

봄은 계절의 젊은이다. 그래서 우리에게 큰 충동을 준다. 우리는 젊었다. 젊은 우리는 우리를 싸고 흐르는 계절의 젊은이와 마주칠 때마다 가슴에 잠겼던 마음이 흔들리는 것을 느끼지 않을 수 없다. 흔들리는 그 마음은 지향 없는 어지러운 물결은 아니다. 젊은 그 마음의 움직임은 새싹과 같은 움직임이다. 그것은 장차 바위라도 뚫고 푸른 하늘, 빛나는 햇발을 향하여 솟아오르고야 말 것이다.

"봄은 단술과도 같아서 사람을 취하게 한다."

봄은 우리를 취하게 한다. 그러나 그것은 술맛은 아니다. 우리의 뇌를 마비시키는 그런 것도 아니다.

우리는 봄에 취함으로써 한 치 한 치 자라 간다. 한 걸음, 두 걸음 앞을 그리워한다. 겨울 나뭇가지 같은 앙상한 신경에 기름이 돌고 갇히었던 마음에 싹이 돋는다.

미래를 향하여 싹트는 마음은 새로운 것이다. 앞길을 생각하고 졸이는 마음은 옛날을 생각하고 졸이는 마음과는 같이 말할 것이 아니다.

우리는 봄을 맞자. 봄은 우리를 맞으라. 우리는 그대를 맞으리라.

'봄――'이 얼마나 좋은 소식이냐.

우리는 그를 그렸거니와 그도 우리를 그렸을 것이다. 젊은이가 젊은이를 그렸을 것이다. 그리던 그 봄이거니, 그리던 그를 어찌 기쁨으로써 맞지 않으랴.

―1929년 4월 《학생》

성동도(城東途)

_최서해

──── 성동 가는 길

성동(城東) 가는 길이었다.

우리는 농업학교 앞을 지나 산허리를 더듬더듬 올라갔다. 초라한 촌 길이었지만 그래도 옛날에는 호남대로였다. 마땅한 교통수단이 없었던 그 옛날에는 봉건제도의 주종관계가 심했던 터라 이쪽으로 내려오던 벼슬아치들은 사인교(四人轎, 앞뒤에 각각 두 사람씩 모두 네 사람이 메는 가마)를 타고 이 길을 넘었다고 한다.

나는 이런 이야기를 듣고 낯선 옛날을 떠올렸다. 그리고 오른쪽 골(골짜기)을 내려다보면서 더듬더듬 걸어 올라가 산허리 길가에 앉았다.

시골의 봄빛은 마치 꿈같다.

북국(北國)에는 아직도 눈이 펄펄 날릴 터인데, 여기는 어느새 보리가 두세 치나 자라 온통 녹색 천지다. 들판에서 스쳐오는 실바람에 두어 살 된 어린애의 머리카락도 함께 날리고 있다.

보리가 푸른 앞 언덕을 스치어서 멀리 내다보이는 높고 낮은 산 물결은 엷푸른 안개에 윤곽만 희미하게 떠올랐다. 바로 서남 편으로 1마장(馬丈, 약 0.4Km) 가까이 내려다보이는 성안의 공기도 따분한 저녁 빛 속에서 조는 듯하다

청춘을 위해 쉬지 않는 별은 점점 서산에 가까워지고 있었다. 소임을 다하고 마지막 운명의 길을 들게 되니, 온몸의 힘과 열과 빛을 다해 온 누리를 더욱 눈부시고 붉게 물들였다. 이 웅장한 태양의 최후 일 막의 여영(餘影, 그림자)에 들은 산이며, 들, 그 틈에 움직이는 생물들까지도 최후 일 막을 연출하는 꿈속의 꿈같이 내 눈에 비치었다. 어느새 저렇게 붉어져서 몇억 몇천의 시간을 스쳐왔는지 가물가물하는 밤하늘의 별들은 알고 있을까.

저녁을 짓는 하얀 연기가 이 마을 저 마을에서 붉은 석양 속에 푸른 장막을 펼치고 있다. 먼 산은 더욱 흐리고 가까운 언덕과 들에 보이는 농군의 동작은 그 빛 그 기운에 더욱 아른거리며 천지는 더욱 꿈속 같다. 길가의 잔디 위에 앉아서 그 모든 것을 지켜보던 나 역시 꿈을 꾸는 것만 같다. 그렇다면 곁에 있는 사람들도 나처럼 꿈을 꾸고 있을까.

봄은 꿈이다. 봄은 꿈같이 와서 꿈같이 허리를 싸고돈다. 그러나 그 꿈은 옛날의 죽은 벗들을 생각하는 늙은이의 꿈은 아니다. 미래를 향하여 뛰고 발육을 위하여 움직이는 젊은이의 꿈이다. 교태를 머금은 처녀의

눈동자처럼 속에는 끝없는 생명과 불타는 열정을 품고 있는 것이다.

이 모든 것을 보고 앉았으니 시들어 가는 이 청춘의 가슴에도 한줄기 실비가 스치는 듯하다.

"얘, 저기 봐라. 저 탁발승(경문을 외면서 집집마다 다니며 보시를 받는 승려)을 봐라."

석양을 옆으로 받고 황홀이 앉아 있던 우리는 김 군의 손가락 끝을 스쳐 옥녀봉의 나지막한 산을 향해 시선을 보냈다.

허리를 한 경계로 위는 송림(松林)이오, 아래는 보리가 실바람에 하늘거리는 그 산 비탈길에 언제 올라왔는지 바랑(승려가 등에 지고 다니는 자루 모양의 큰 주머니)을 지고 송낙(스님이 평상시에 쓰는 모자)을 쓴 탁발승의 그림자가 보였다. 붉은 볕을 모로(비껴서 또는 대각선으로) 받고 올라가다가 석장(錫杖, 승려들이 짚고 다니는 지팡이)을 돌려 석양을 등지고 송림을 향해 올라간다. 그도 봄 꿈에 취했을까?

그대여!

산이 그리도 그립던가?

아니, 가지는 못할 것인가?

그대의 혀(舌)가

오미(五味)를 잃기 전에는

사파(娑婆, 흔히 '사바'라고 함)와

인연을 끊지 못하리라.

탁발승의 그림자가 먼 하늘의 저녁 빛처럼 송림에 스러지자마자 처음 그 승(僧)이 올라가던 그 비탈길로 말쑥한 봄옷에 말을 몰아 마을로 내려오는 사람이 있다. 석양이 비낀 길에 말을 채치는(채찍 따위로 휘둘러 세게 침) 그 그림자를 보니 당시(唐詩)를 읽는 것도 같고, 수묵으로 그려놓은 그윽한 고전을 보는 것도 같다.

　　하나는 사바가 싫어 산으로 가는데, 하나는 산을 버리고 사바로 향한다. 이것이 인간의 삶인가. 그윽하게 조이는 가슴을 만지며 다시 산을 올라갔다.

—1928년 4월 22일 《조선일보》

꽃에 물주는 뜻은

봄 오거든 꽃 피라는 말입니다.

_ 오일도, 〈꽃에 물주는 뜻은〉 중에서

춘심 春心
_김영랑

───── **남방춘신(南方春信) 3**

이 고삿 저 골목에 아낙네들의 웃음소리가 유창하다. 정초 나들이에 길거리서 잠깐 만나 인사하는 소리만도 아니다. 그렇다고 목소리를 그렇게 높이 낼 리도 만무하다. 음향이 봄기운을 타는 것이다. 휑휑─울려 난다.

어린아이들은 벌써 즘내(호도기)를 만들기 위해 댓가지를 부러뜨린다. 더 일찍 아는 것 같다. 뒤 언덕에 산소나 물긋대로 의자(倚子)를 만들고 흥청거리면서 늬나늬 늬나누──를 분다.

'어─허 참', '잉─이'하는 소리가 윳댁(宅)에서 들려 나온다. 사이좋은 고부(姑婦)간의 살림 수작이 그러하다.

전라도서도 이곳 말이란 것이 처음 듣는 이는 아직 말이 덜되었다고

115

웃고, 자주 듣는 이는 간지러워서 못 듣겠다고 얼굴에 손까지 가린다.

시인 C는 감각적인 점에서만도 많이 잡아 써야겠다고 한다. 통틀어 여기 말이 토정(吐情, 사정이나 심정을 솔직하게 말함) 같으나, 타도(他道, 다른 지역) 말인들 의사 표시에 그치기야 하겠느냐마는 보다 더 토정일 것 같다. 우리가 등이 가려우면 긁고 꼬집으면 '아야야'를 발음하는 것과 그리 거리가 없는 말일 것 같다.

여자의 말이 더욱 그러하다. '잉—이응—오' 하는 부정어가 어디 또 있는가.

길거리에서 떠드는 말소리가 공중으로 획 날아 들어온다. 봄이 아니고야, 봄이 아니고야 그럴 수 없다. 바람이 댓잎 끝을 새어 나오는데 끝이 다 퍼져 버려서 말소리가 타고 오는 것일까. 어디 그뿐이랴. 장차는 산골짜기마다 찾아가서는 그 간질간질한 안개 아지랑이를 이리 몰고 저리 몰고 다닐 바람이다. 그러고 보면 안개 아지랑이가 멋지게 계곡에 숨을 날도 앞으로 며칠 남지 않았다.

멋이란 말에 언뜻 생각나는 것이 지용(시인 정지용)의 '멋'이다. 호남 해변에 가객 기생(歌客妓生) 사회를 중심으로 멋이 발전했을 것 같다고 하여 서경 시문(書經詩文)에서 본 것은 멋이 아니라 운치(韻致)라 하고, 멋은 아무래도 명창 광대(名唱廣大)에 물들어 온 것 같다고 하였다. 시문과 운치가 그 맛이 어떻게 다르다는 것을 얼른 말하기는 좀 어렵지만, 명창 광대께서 멋이 물들어 온다는 것은 수긍할 수 없는 말이다. 선비에게서 광대 명창이 멋을 배우려 애를 써도 격을 갖추지 못하고 떨어지는 수가 많으므로 흔히 그들은 신멋(시퉁그러지게 부리는 멋)을 범한다. 그러고 보니 죄가 멋에 있지 않고 사람에게 있다. 격 높은 평조(平調) 한 장(章)을 명창 광대가 잘해 내지 못하는 것을 보아 알 수 있다. 노래를 멋지게 부른다는 것과 그 양반 멋있다는 것과는 전혀 그 뜻이 다르기 때문이다. 관북 관서(關北關西, 평안도와 황해도, 함경도)의 친구를 많이 아는 우리는 지용의 멋있는 훌륭한 시품(詩品, 시의 품격)도 알 만하다.

수심가나 육자배기가 퇴폐적일지는 모르되, 남도 소리에 관한 지용의 견해에는 승복할 수 없는 점이 많다 하겠다. 멋이 소리에만 있을 바 아니거니 운치에 무릎을 꿇어놓는 것이 부당할까 생각한다.

선비 가객이 소위 신멋을 범치 않음을 보라. 멋의 항변이 길어졌으나 지용은 평양서 멋진 기생을 못 만나 보신 듯하다.

코트 바닥은 내일쯤은 백선(白線)을 그을 만하게 습기가 걷혔다. 정연히 라인을 그어 놓아도 난타(亂打)라도 할 벗의 흰 운동복이 되었을까. 사동을 보내 둔다. 론 테니스, 내 청춘의 감격이 무던히 바쳐진 론 테니스, 흰 라인, 하얀 네트, 흰 유니폼, 하얀 볼, 봄볕에 그들은 발랄하다. 라켓 든 손을 흐르는 혈조(血潮), 1초 전에 만들어진 정혈(精血)이리라. 페어플레이의 정신을 나는 론 테니스에서 얻었다 함이 솔직한 고백일 것 같다. 사동이 모래와 흙을 파 들여온다. 화단에 신장(新裝, 시설이나 외관 따위를 새로 장치함. 또는 그 장치)을 시작한다. 이 구석 저 구석 모여 있는 낙엽은 한 번 진 채 겨울을 났다가 이제야 쓸려서 사라진다. 화단에 구르는 낙엽은 겨울의 한 운치임이 틀림없다. 후엽(朽葉, 썩은 나뭇잎)을 추려 보니 몇 종류 안 된다. 동청(冬青)의 표(標)가 안 붙어 있는 초화(草花)가 이곳에서는 곧잘 그대로 동청한다. 흙을 새로 깔고 잔디를 떼어다가 선을 두르고 화단의 흙을 만지며 떡고물 가을 감(感, 느낌)이 난다.

—1940년 2월 27일 《조선일보》

모란이 피기까지는

나는 아직 나의 봄을 기다리고 있을 테요

모란이 뚝뚝 떨어져 버린 날

나는 비로소 봄을 여읜 설움에 잠길 테요

_ 김영랑, 〈모란이 피기까지는〉 중에서

봄을 기다리는 마음

_박용철

—— **너를 어찌 참아**

사월(四月)은 지상잔인(至上殘忍)의 달

죽은 땅에서 라일락을 불러내고

기억과 욕망을 섞어서는

무딘 뿌리를 봄비로 건드린다.

겨울은 우리를 따숩게(따뜻하게) 하였을 뿐

이즘의 눈으로 세상을 덮고

마른 감자로 적은 목숨을 길렀나니.

-T.S엘리엇

봄이다!

속에 생명을 품은 나무는 모두 새 가지를 하늘을 향해 뻗치려 한다. 뿌리로 물을 빨아올려 새로운 가지를 하늘로 뻗치려 한다. 그러나 전설의 나라 이 황폐국(荒廢國)에서는 하늘에서 비가 그친 지 오래고, 땅에 새암(샘, 우물)도 마른 지 오래다. 생명의 불길은 제 몸을 불사를 뿐인 불길로 변하고, 내리는 봄비 역시 이미 시들어버린 뿌리의 생명을 기르지 못하고 목마름을 북돋을 뿐이다. 이런 가운데 용서 없이 새로운 가지를 건드려 나오게 하는 '사월(四月)은 잔인지상(殘忍至上)의 달'이오, 잎과 꽃이 피어볼 길 없이 다만, 목마름에 불타기 위해서 뻗쳐 나오는 의무를 가진 새 가지는 비극(悲劇) 중의 비극일 뿐이다. 이러한 기두(起頭, 글의 첫머리)를 가진 '황폐국'의 시는 영국의 현철(賢哲)한 한 시인의 작품이라고 한다.

여기는 물은 없고 다만 바위……

바위로 이룬 산들

물은 없고

물이 있다면 쉬어서 마시는 것을

바위 속에서야 어찌 쉬며 생각하랴.

여기서는 설 수도 누울 수도, 앉을 수도 없고

산속에 고요함조차 없고

헛되이 비도 없는 마른 우렛소리

산속에 외로움조차 없고

120

진흙 터진 집들의 문에서
험상한 붉은 얼굴들이 비웃고 웅크린다.
여기 물이 있다면
바위가 없고
바위가 있다 해도
물도 함께 있다면……
물 흐르는 소리만이라도 있다면

　사월도 가운데(중순)가 되면 벚꽃으로 찬연(燦然)히 장식(裝飾)하는 우리
의 아름다운 삼천 리 금수강산에 어찌 잔인 지상의 사월을 인유(引喩, 다른
예를 끌어 비유함)하랴. 진달래꽃 앞에 소졸(素拙)한 화전(花錢)의 풍습은 사라
진 지 오래지만 만발한 벚꽃 아래 배반(杯盤)의 호흥(豪興)은 오히려 성해
가거든, 봄이 되어 햇빛 가운데 어딘지 모르게 지금껏 없던 밝은 빛이 생
기고, 나뭇가지마다 새로운 빛남이 붙어오면 우리의 몸과 양복의 해어진
것을 둘러쌌던 외투(外套)를 사람들은 벗어 던지게 된다. 그것을 한 번 벗
어 던지게 되면 감추었던 모든 것이 드러나 파리한 얼굴은 더욱 파리해
지고 닳아져 번쩍이는 양복이 선득 눈에 뜨이고 눈 위에 오래 버려진 신
문지(新聞紙) 쪽을 가까이 들여다본 때 같이 양복 전면에 산재했던 오점(汚
點)들은 일순(一瞬)에 그 역력한 과거를 나타낸다.
　이 빛나는 새 세상에 대한 저 자신의 부끄러움, 이 부끄러운 흔적들을
옹색하게 싸고 있던 한 벌의 낡은 외투를 벗어 던짐으로써 말미암아 정말

나신(裸身)이나 되어버린 듯이 부끄러움의 중압(重壓)으로 과지(果枝, 과일 나무 가지) 같이 구부러지고 만다. 나는 이 낡은 외투로 다시 몸을 싸기를 기뻐한다.

랭보의 어느 시에 여름밤 풀의 훈향(薰香, 따뜻한 향기)이 상연(爽然, 매우 시원하고 상쾌함)한 가운데 로맨티시즘의 낡은 저고린가 외투를 입고 만연히 걸어가는 것을 노래한 것이 있다. 나도 잠시 그를 본받을까 한다.

봄을 어찌 참아 기다리랴
봄을 어찌 참아 저주하랴

나는 낭만주의보다 더 낡은 한 벌의 외투를 두르고 초원장제(草原長堤, 아득히 먼 긴 둑)의 풀 속에 꽃도 드문드문한 언덕길을 길이길이 걷고 싶다.

— 1935년 3월 1일 《동아일보》

* 박용철 — 용아 박용철은 1920년대 경향시의 이념성에 반발하여 시의 예술성을 높이는 데 관심을 기울였다. 특히 시가 '언어의 예술'이라는 점에 착안해 시어의 조탁에 힘썼고, 시의 음악성에도 큰 관심을 기울였다. 그러나 시인으로서의 그의 이름은 벗 김영랑, 정지용보다 비교적 덜 알려진 편이다. 비평문학과 번역문학, 잡지편집 등에 탁월한 재능을 보여 《시문학》 외에도 《문예월간》, 《문학》 등 각종 문예지를 발간하는 데 앞장서기도 했다.

봄! 봄! 봄!

_방정환

─── 종달새

동쪽 하늘이 점점 밝아졌다.

태양은 우선 검푸른 하늘에 새벽 별을 싸고 있는 부드러운 구름에 첫 번째 빛을 보냈다. 보랏빛 컴컴한 고랑에 뭔가 움직이고 있다. 종달새 양주(부부)가 어젯밤 거기서 자고 있었던 것이다. 남편 종달새가 먼저 공중으로 날아올랐다. 그 뒤를 따라 아내 종달새도 공중으로 올라가서 아침 인사를 하고, 고향으로 돌아온 기쁜 인사도 전하였다. 부부 종달새는 어제 고향으로 돌아왔다. 작년 시월에 친구들 틈에 끼어 남쪽 따뜻한 나라에 갔다가…….

숲 속에서 노래를 부르는 패들은 아직 아무도 돌아오지 않았다. 꾀꼬리는 물론, 제비도 아직 오지 않았다. 종달새만이 먼저 온 것이다.

종달새가 노래를 부르며 공중으로 올라간다. 기운 좋게 빙빙 돌면서 점점 더 높이 올라간다. 결국, 구름 속까지 올라가 이제 보이지 않는다. 그러나 그 귀여운 노랫소리만은 분명히 들려온다.

해가 솟는다. 그 따뜻한 광선은 들을 비추면서 봄이 오는 것을 외치는 것 같다.

종달새는 봄의 앞잡이 전령사이다.

──봄

부는 바람이 한결 부드러워졌습니다. 해도 점점 길어집니다. 눈은 사라지고, 얼음도 녹았습니다. 푸른 새싹이 돋고, 꽃이 피기 시작했습니다. 꿀벌은 집에서 나와 꽃을 찾아다니며 꿀을 만들려고 꽃물을 빨기 바쁩니다. 새끼 양은 기쁜 듯이 풀밭으로 뛰어다닙니다. 색시들은 꽃씨를 뿌리고, 농부는 과일나무를 가꾸고, 밭에 여러 가지 씨를 뿌립니다. 제비도 돌아왔습니다. 새들은 모두 보금자리를 새로 짓습니다. 온갖 새들이 노래하는 것을 들으면 봄처럼 좋은 때는 없는 듯합니다. 자, 우리도 봄을 맞으러 나갑시다.

──꽃 재배

"자, 봄이다! 꽃씨를 뿌려야지……!"

이 집 저 집에서 이런 말이 들려옵니다. 모두 봄비에 땅이 누그러지기를 기다리고 있습니다.

비가 내렸습니다. 비단 실처럼 좋은 비가 한나절 내려서 지붕도 축이고, 나뭇가지도 축이고, 잔디도 축이고, 땅도 축였습니다. 기다리는 사람들이 모두 나서서 비 온 뒤의 햇볕을 쬐며, 자기가 가장 좋아하는 꽃씨를 심었습니다. 뒷집 할머니도, 앞집 색시도, 우리 어머니도 오빠와 함께 마당 앞에 예쁜 꽃씨를 심었습니다.

전에 없던 재미와 기쁨이 그들에게 생겼습니다. 오늘 조금, 내일 조금, 파랗게 자라나는 새싹을 보느라 바쁜 일도 모두 잊을 지경입니다. 그 파란 싹이 얼마나 자라서, 어떤 꽃이 필지, 그것을 기다리는 데 그들의 기쁨이 있고, 희망이 있습니다.

따뜻한 봄볕이 날마다 그 싹을 비추고, 가끔 봄비가 그 싹을 축여줍니다. 얼마 후면 거기서 어여쁜 꽃이 피어나겠지요. 자기가 심고, 자기가 길러서, 자기가 피운 아름다운 꽃의 향기를 맡게 될 때, 그들의 마음은 또 얼마나 기쁘고 즐거울까요?

우리도 한 포기라도 우리의 꽃을 심읍시다.

— 1926년 4월 《어린이》 4권 4호

* 방정환—31년 9개월이라는 짧은 생을 오로지 어린이들을 위해 바친 사람, 소파 방정환. 그는 우리나라에서 처음으로 어린이날을 만든 사람이다. 그에게 있어 아이들은 스승이자 어른이었으며 삶의 전부였다. 그래서일까. 그가 쓴 글을 읽노라면 맑게 웃는 봄날의 아이 얼굴이 떠오른다.

봄이다! 봄이다! 소리 높여 노래하자

_방정환

"봄이다! 봄이다!"라는 단 한 마디가 어떻게 이렇게도 사람의 마음을 움직이는가. "봄이다! 봄이다!"라고 자꾸 외치면, 왜 이렇게 가슴까지, 몸까지 들먹거려지는 것일까.

겨우내 쌓였던 눈이 녹고, 얼음이 녹고, 겨울에 얼어붙은 땅 역시 녹아 풀어지면서 물이 움직이고, 뿌리가 움직이고, 이 세상 모든 것이 움직이기 시작하고, 뻗어나기 시작하는 계절이 바로 이 계절이니, 봄은 모든 움츠러졌던 생명이 다시 소생하는 계절이다. 이렇듯 봄이라 함은 새 생명의 새로운 신장을 의미하는 것이니, 우리가 젊은 피를 가진 몸이요, 우리 가슴에도 새파란 생명이 약동하고 있거니, 어찌 들먹거리지 않고 견딜 수 있을 것이냐!

봄이다! 봄이다! 활개를 힘껏 펴고 소리 높여 노래하라. 그리하여 기운을 키우라. 생명을 키우라.

봄은 겨울처럼 갑갑한 구속이 전혀 없다. 자유롭게 활동할 수 있을 뿐만 아니라 소리 역시 마음껏 지를 수 있다. 그보다 더 좋은 것은 배울 것이 많다는 점이다. 햇볕 잘 드는 양지의 풀도 솟아오르지만 응달진 그늘의 풀도 우쭐우쭐 자라는 것을 배울 것이요, 무거운 돌덩이 밑에 짓눌린 풀 역시 낙심하지 않고, 고개를 구부리고 몸을 휘어가면서까지 태양을 바라보고 커가는 것을 배울 것이다.

봄이다! 봄이다! 누가 방안에 엎드려 있느냐. 나아가 뛰라! 소리 높여 노래하라! 생명의 봄을 그대의 가슴에 잡아넣어라. 언덕 뒤, 꽃나무 그늘에서 작은 소리로 속삭이는 놈이 누구냐. 나와서 큰소리로 외치라! 봄을 외치라! 생명을 외치라! 비록 다 찢어진 옷을 걸치고 점심을 굶주리더라도 오히려 크게 외칠 수 있어야 한다. 그대가 딛고 있는 땅이 계림 삼천리가 아니더냐. 그대가 이 터의 주인인 새파란 젊은이가 아니더냐. 들로 나가자, 꽃놀이를 가자! 풀밭에 눕고, 꽃가지에 앉아서 소리 높여 외치자. 생명을 외치자.

아아, 봄이다! 봄이다! 새파란 젊은 친구들이다. 소리 높여 생명의 노래를 부르자!

—1921년 7월 1일 《개벽》

봄에 가장 사랑하는 꽃

_방정환

나는 이런 꽃을 사랑합니다.

이렇게 사랑하며 좋아합니다.

곱게 피는 꽃이면 모두 좋지만, 봄에 피는 꽃 중 내가 가장 좋아하는 꽃은 히아신스와 복사꽃입니다.

산이나 들에 산책하러 가거나, 공원이나 동물원 잔디밭에 가서 노곤하게 누워 있고 싶게 햇볕이 좋은 봄날, 조용한 동네를 지나다가 길갓집 울타리 안에 복사꽃 몇 가지가 활짝 피어 있는 것을 보면 세상에 그보다 더 아름답고 귀여운 것은 없어 보입니다. 마치 곧 시집갈 처녀가 분홍 새 치마를 입고 뒤껻에 서서 봄볕을 쬐는 것 같다고나 할까요. 그래, 그 집안에 좋은 처녀라도 있는 것만 같고, 그런 집이 두어 집 있으면, 그 동네가 모두 깨끗하고 조촐해 보입니다.

지금은 꽃구경하면 으레 벚꽃을 생각하지만, 복사꽃의 깨끗함과 아름다움을 따를 수는 없습니다. 우선, 꽃 빛이 곱고 좋아서 먼 산에 몇 나무 핀 것만 봐도 온 산이 방긋 웃는 것 같습니다. 과수원 가득 핀 복사꽃을 보면 잎 하나 섞이지 않은 붉은 꽃이 한쪽으로는 떨어지고, 또 한쪽으로는 새로 피어서 땅도 꽃으로 덮이고, 하늘도 꽃에 가리어, 그야말로 몸이 꽃 속에 든 것만 같아, 생각만 해도 얼른 뛰어가서 뒹굴고 싶습니다.

나뭇가지의 맵시가, 벚나무는 보기 좋게 모양 좋게 뻗어 있지만, 복사 가지는 아무 모양 없이 된 대로, 생긴 대로 싱겁게 뻗어 있습니다. 그러나 그것이 복사나무의 남달리 귀여운 점입니다. 벚꽃 가지의 맵시가 기생이나 여광대의 맵시라면 복사가지는 시골집에서 곱게 자란 순진한 처녀의 맵시입니다.

울타리에서 보는 복사꽃, 무리 지어서 핀 복사꽃도 좋지만, 가장 사랑스러운 복사꽃은 시골집 보리밭 둔덕이나, 우물가 언덕, 울타리 바깥, 보잘것없는 둔덕에 있는 나무의 뻣뻣하고 버성긴 가지에 환하게 피어 있는 것입니다.

흙내 나는 꽃, 시골집 울타리를 생각하게 하는 꽃, 순진한 시골 소녀처럼 사랑스러운 복사꽃! 나는 이 사랑스러운 꽃이 이 봄에도 어서 피어나기를 기다리고 있습니다.

—1926년 4월 《어린이》 4권 4호

가혹할 줄 모르는 그리운 봄빛

_채만식

눈을 지그시 감고 두 달음질을 쳐서 와보니 삼동(三冬)은 겨우 반이요, 아직도 남은 추위가 아득하기만 하다. 대한(大寒)을 지나 입춘을 맞아도 거의 한 달이요, 우수야, 경칩이자면 하마(벌써) 양삭(兩朔, 한 달여)이다.

기를 쓰고 지금껏 달려왔건만, 아직도 반이나 남은 겨울…… 누가 엄동(嚴冬)이라고 했던고? 겨울은 참으로 무서워, 조선의 땅덩이를 싱가포르 같은 곳과 바꾸는 재주는 없을는지.

어서 춘양(春陽, 봄 햇살)이 올지어다.

꽃이야, 놀이야 번화한 봄을 즐기기 위해 봄이 오기를 기다리는 것은 아니다. 꽃은 없어도 좋다. 풀이며, 벌레, 새로운 생명이 돋고 마주 희롱하는 정경은 없어도 좋다. 다만, 따사한 봄 햇살 그 하나면 족하다.

기승스러운 삭풍이 끊일 줄 모르고 불어 닥친다.

살 속까지 스며드는 이 추위. 그러나 하늘은 잔인스럽게도 푸르다.

봄, 가혹할 줄 모르는 봄의 따사한 햇빛. 어서 양춘이 올지어다.

— 1939년 3월 《여성》 제4권 3호

봄에 부는 바람, 바람 부는 봄 작은 가지 흔들리는 부는 봄바람

_ 김소월, 〈바람과 봄〉 중에서

봄과 여자와
_채만식

봄! 웃는 여인! 노곤한 센티멘털!

꽃이 뭔가에 놀라기라도 한 듯 한꺼번에 활짝 핀다. 꿀벌은 노래로, 나비는 춤으로 연애를 건다. 버들가지가 우쭐거리며 연푸른 장단을 맞춘다. 지나가는 여인의 저고리 고름에서, 물결치는 치마폭에서, 봄의 정(精)이 넘실거린다.

비로소 봄을 안 처녀의 볼은 갓 핀 복사꽃 꽃잎이다. 남모를 즐거움을 숨기지 못하여 입모습으로, 눈초리로 가는 웃음이…… 잘못 보면 추파(秋波, 이성의 관심을 끌기 위하여 은근히 보내는 눈길)와도 같이 아담하게 떠돈다. 발걸음이 가분가분한 것이 옆에서 음악 소리가 들린다면 그대로 춤이라도 출듯하다.

배가 고파서 말이지, 아직 솜옷을 입어서 말이지, 봄이 좋지 아니한 것은 아니요, 봄이 즐겁지 아니한 것도 아니다.

'인생불여장제류(人生不如長堤柳, 덧없는 인생은 긴 둑의 버들만 못하며) 과진동풍 미탈면(過盡東風 未脫綿, 봄바람 불었는데 아직 솜옷을 벗지 못했구나)'이라는 시를 읊 조린 이 역시 마음속으로는 봄의 기쁨을 틀림없이 느꼈으리라.

이렇듯 봄이 아름다울 뿐만 아니라 고운 여인으로 무늬를 박아 비단까 지 짜놓았으니, 젊은 마음인들 우쭐거리지 않을 수 없다.

젊다니 말인데, 내가 젊다는 것은 망령에 지나지 않는다. 굳이 한구석 젊은 것을 찾자면 버드나무의 다 낡은 등걸에서 두세 가지 푸른 줄기가 솟아나듯이 그저 노곤한 젊음이요, 싸늘한 센티멘털이 있을 뿐이다.

고운 여인이 즐겨 웃는 아담한 봄을 맞는 늙은 사내의 그림자는 가을 날 논 두덩의 허수아비마냥 한심하다.

봄은 즐겁다. 봄날의 젊은 여인은 더욱 즐겁다. 다만, 마음 늙은 젊은 사 내만은 즐거움이 없다─그다지 슬픔도 없거니와⋯⋯

─1931년 4월 《신여성》

5월의 가두 풍경(街頭風景)

_채만식

꽃이 어우러져 피는 봄 — 사월이 난숙한 삼십의 여인이라면, 오월은 처음으로 봄을 안 십육 세의 처녀.

따분한 꽃 안개가 개고, 하늘이 샛말갛다. 곱다란 색시가 하나, 둘, 셋 나란히 걸어간다. 그중 하나는 느직느직(동작이 아주 굼뜬 모양) 땋아 내린 머리채가 발꿈치를 만질 듯하다. 그 처녀의 심장 같은 새빨간 자주 댕기가 곱게 미끄러져 내린 허리 위에서 춤을 춘다. 다리가 여섯 개 — 모두 오동보동(작은 몸이나 얼굴이 조금 살이 쪄서 통통하고 보드라운 모양을 나타내는 말) 살이 쪘다. 걸음걸이가 그들의 얇은 옷고름에서 하늘거리는 오월의 미풍처럼 가볍다. 재재거리는 말소리는 지금 내리쬐는 오월의 태양처럼 명랑하다.

오월! 그리고 명랑한 처녀!

먼지 덮인 가로수 가지에서도 잠이 깬 듯 가여운 떡잎이 피어오른다.

벌써 노티가 나는 수양버들을 보고 어머니라고 부르고 싶어 보인다.

처녀들의 볼에 홍조가 떠오른다.

"호호호!"

괜히 이렇게 웃는다. 심장이 간지러운 모양이지.

자동차가 뿡— 먼지를 피우며 달아난다.

이놈! 조심해라. 행여 아가씨들 다칠라!

위아래 하얗게 차린 여염집 여인이 새하얀 파라솔을 들고 나섰다.

데파트(백화점)에 들어오는 손님의 90%는 물건을 사지 않는 손님이다.

회색 세루(모직물의 종류)로 옷을 해 입은 올해 전문학교 졸업생이 다방에서 나오다가 처녀 무리를 보고 추파를 던진다. 아직 취직을 못 한 모양이지.

외투를 벗고 나온 룸펜(노숙자)이 양복점 쇼윈도 앞에서 한숨을 짓는다. 네거리에서 정말(丁抹, 덴마크의 음역어) 체조를 하는 교통 순사는 구중 중도 하지.

오월의 태양이 이맛살을 찌푸리는걸. 이달 그믐까지는 내 저렇게 시켜 머렷다.

—1933년 5월《신여성》

청란몽(靑蘭夢)

_이육사

거리에 마로니에가 활짝 피기는 아직도 한참 있어야 할 것 같다. 젖 구름 사이로 기다란 한 줄 빛깔이 흘러 내려온 것은 마치 바이올린의 한 줄 같이 부드럽고도 날카롭게 내 심금(心琴, 외부의 자극에 따라 미묘하게 움직이는 마음을 비유적으로 이르는 말)의 어느 한 줄에라도 닿기만 하면 그만 곧 신묘(神妙)한 멜로디가 흘러나올 것만 같다.

정녕 봄이 온 것이다.

이 가벼운 게으름을 어째서 꼭 이겨야만 할 턱이 있으랴.

대웅성좌(大熊星座, 큰곰자리)가 보이는 내 침대는 바닷속보다 더 고요할 수 있는 것이 남모르는 자랑이었다. 나는 여기서부터 표류기(漂流記)를 쓸 수도 있는 것이다. 날씬한 놈, 몽땅한 놈, 나는 놈, 기는 놈, 달리는 놈, 수없이 많은 어족(漁族, 어류)들의 세상을 찾았는가 하면 어느 때는 불에 타는 열

사(熱砂, 뜨거운 모래)의 나라 철수화(鐵樹花, 소철꽃)나 선인장들이 가시성같이 무성한 위에 황금사북(가장 중요한 부분을 비유적으로 이르는 말) 같이 재겨(촘촘한 틈을 벌리고 집어넣음) 붙인 작은 꽃들, 그것은 죽음에의 유혹같이 사람의 영혼을 할퀴곤 하였다.

소낙비가 지나가고 무지개가 서는 곳엔 맑은 시냇물이 흘렀다. 계류(溪流)를 따라 올라가면 자운영 꽃이 들로 하나 다복이(탐스럽고 소복한) 핀 두렁 길로 하늘에 닿을 듯한 전나무 숲 사이로 들어가면 살림맥이들이 잇풀을 뜯어먹다가는 벗말을 불러 소리치곤 뛰어가는 곳, 하얀 목책이 죽 둘린 너머로 수정궁같이 깨끗한 집들이 즐비한 곳에 화강암으로 깎아 박은 돌계단이 기다랗게 하양(夏陽, 여름 볕)의 엷은 햇살을 받아 진주 가루라도 흩뿌리는 듯 눈이 부시다. 마치 어느 나라의 왕궁인 듯 호화스럽다. 그렇다면 왕은 수렵이라도 가고 궁전만 비어 있는 것일까 하고 돌축을 하나하나 밟아 가면 또다시 기다란 행랑(行廊)이 있는 것이고, 그것을 오른편으로 돌아들어 왼편으로 보이는 별실(別室)은 서재인 듯 조용한 목에 뜰 앞에 조롱들 속에서 빛깔 다른 새들이 시스마금('각각 알아서' 혹은 '제각각'이란 뜻의 경상도 사투리) 낯선 손님을 맞아 아는 체하고 재재(조금 수다스럽게 재잘거리는 소리)거린다. 그 아래로 화단에는 저마다 다른 제 고향의 향기를 뽑아 멀리서 온 에트랑제(낯선 사람, 이방인)는 취하면 혼혼하게 잠이 들 수도 있는 것이다.

가벼운 바람과 함께 앞창이 슬쩍 열리고는 공주보다 교만해 보이는 젊은 여자 손에는 새파란 줄기에 양호필(羊毫筆, 양털로 만든 붓) 같이 하얀 봉오리가 달린 난화(蘭花)를 한 다발 안고 와서는 뒤를 돌아보며 시비(侍婢, 계집종)를 물리치곤 내 책상 위에 은으로 만든 화병에다 한 대를 골라 꽂아두곤 무슨 말을 할 듯하다가는 그만 부끄러운 듯이 아무런 말도 하지 못하고 조심조심 물러가고 만 것이었다.

달빛이 창백하게 흐르면 유리창을 넘어서 내 방은 추워졌다. 병든 마음이었고 피곤한 몸이었다. 십 년이나 되는 긴 세월을 나는 모든 것을 나혼자 병들어 본다. 병도 나에게는 한 개의 향락일 수 있기 때문이었다. 아무도 없는 무덤 같은 방 안에서 혼자서 꿈을 꿀 수가 있지 않은가. 잠이 깨면 또 달이 밝지 않은가. 그 꿈만은 아니었다. 그 여자가 화병에 꽂아주고 간 난꽃이 그냥 남아 있는 것이 아닌가.

그 복욱하고(향기가 그윽한) 청렬한(물이 맑고 찬) 향기가 몇 천만 개의 단어보다도 더 힘차게, 더 따사롭게 내 영혼에 속삭이는 말 아닌 말이 보다 더큰, 더 행복한 위안이 어디 있으므로 이것을 꿈이라 헛되다고 누가 말하리오. 진정 헛된 꿈이라고 말하면 꿈 그대로 살아보는 것도 또한 쾌하지않은가.

나는 때로 거리를 걸어 보기도 하나 그 꿈속에 걸어 본 거리와 그 여자의 모습은 영영 볼 수는 없는 것이었다. 때로 꽃집을 들러도 보고 난꽃을 찾아도 보았으나 내 머릿속에 태워 붙인 그것처럼 사라질 줄 모르는 향기는 찾아볼 수 없었다. 꿈은 유쾌한 것, 영원한 것이기도 하다.

—1940년 9월 《문장》

봄이 혈관 속에 시내처럼 흘러

돌, 돌, 시내 가차운 언덕에

개나리, 진달래, 노―란 배추꽃

삼동을 참아온 나는

풀포기처럼 피어난다.

즐거운 종달새야

어느 이랑에서나 즐거웁게 솟쳐라.

푸르른 하늘은

아른, 아른, 높기도 한데……

_윤동주, 〈봄〉

진달래
_계용묵

꽃을 여자에게 비유하면, 진달래는 이미 춘정을 잊은 스물 고개는 훨씬 넘어선 여인 같으면서도 또 매우 정숙해 보입니다. 그리고 확호한 인생관이 유행이라는 데는 눈도 뜰 줄 모르는, 그리하여 속세의 풍정과는 높이 담을 쌓은 점잖음이 속속들이 깃들여 있어 보입니다.

그러기에 모든 꽃은 나비를 기다려 춘정을 느끼건만, 진달래는 나비도 오기 전에 산 깊숙이 홀로 피어서 스스로 봄을 즐기는 것으로 만족하는 것이 아닌가 합니다.

진달래와 같은 시절에 피는 꽃으로 두봉화(杜蜂花)가 있습니다. 두봉화는 꽃과 잎 그리고 나무까지 분간할 수 없을 정도로 진달래와 매우 흡사합니다. 그러나 그 이름처럼 벌을 방비하는 약을 지니고 있는 것이 다만 진달래와 다를 뿐입니다. 꽃을 싼 화판(꽃잎) 밑에는 어교(魚膠, 부레풀. 즉, 민어의 부레를 끓여서 만든 풀)보다도 거센 진이 꽃이 시들 때까지 흐르고 있습니다. 그리하여 제아무리 큰 벌이 달려들어도 금방 발이 붙고, 일단 붙으면 헤어나지 못하여 그 자리에서 생명을 잃게 되는 것입니다.

이런 두봉화의 지조 역시 가상하지 않을 수 없습니다. 하지만 진달래는 그것보다도 좀 더 고상한 뜻을 담고 있음을 알 수 있습니다. 그러기에 두봉화와 진달래는 비록 같은 형상, 같은 빛의 꽃이지만, 우리는 진달래를 좀 더 알고 사랑하는 것이 아닌가 합니다.

진실로 진달래가 사람의 마음을 움직이는 힘은 절대 적지 않습니다. 으레 화전(花煎, 꽃을 붙이어 부친 부꾸미)이라고 하면 진달래를 두고 하는 말입니다. 진달래가 봄 일찍이 피는 꽃이니까 한겨울 동안 그리웠던 춘정에서 빨리 서두는 것이 진달래를 찾게 되는 원인 같으면서도 진달래보다 빨리 피는 개나리로 화전을 만들지는 않습니다. 다른 어느 꽃보다 붉은 꽃이 좀 더 유혹적이기는 하지만 그 빛의 유혹에서라기보다는 어딘지 모르게 우리는 진달래의 그 높은 품위와 아름다운 마음씨에 움직이는 것이 아닌가 합니다. 보는 것만으로는 만족하지 못하고 그 꽃을 먹어보자는 것이 화전의 목적으로 찹쌀가루에 꽃잎을 따 넣어서 꽃전을 지지어 먹는 것입니다. 술병을 지니고 진달래를 찾는다 해도 우리는 반드시 그 술잔에다 꽃잎을 뜯어 띄워서 마시고서야 만족합니다. 이것은 높은 뜻을 지닌 진달래 꽃빛 물이 내 마음속에도 물들어지고 싶은 그러한 심정에서가 아닌가 합니다.

봄이면 그리운 진달래입니다. 해마다 한식(寒食) 절(節)이면 선조의 선영(先瑩, 조상의 무덤이 있는 곳)으로 성묘를 가서 그 산에 핀 진달래꽃을 따 먹으며 노닐던 어린 날이 그립습니다.

이 봄에서 무성하게 피었을 그 선영의 그 진달래꽃. 그 진달래는 내가 그렇게도 저를 그리워하는 줄이나 알고 피었는지? 아니면, 잔뜩 피어서 속진(俗塵, 속세의 티끌)에 흠뻑 젖은 나를 비웃고 있는 것은 아닐는지? 진실로 한 잔 술에다가 진달래 꽃잎을 마음껏 따 넣어 실컷 마셔 보고 싶습니다. 그리하여 마음속을 새빨갛게 물들여 진달래 마음이 되어 보고 싶습니다.

―1939년 3월 《여성》

* 흐드러지게 핀 봄꽃처럼 우리 마음을 사로잡는 것도 없다. 노랗고 빨간 꽃들이 지천으로 피어 있는 모습을 생각해보라. 보는 것만으로도 입가에 미소가 저절로 지어진다. 행복이란 별다른 게 아니다. 한 번 더 웃고, 한 번 더 용기를 내어서 어제 못다 한 일에 다시 한 번 도전하는 것만으로도 우리는 충분히 행복할 수 있다.

자, 봄이다. 다시 한 번 더 행복해지다!

사연(思燕)

_계용묵

서울서 살자니, 제비가 그립다. 봄 삼월이면 해마다 잊지 않고 서재 문 앞 처마 밑에 들어와 깃을 들이고 새끼를 치던 제비가 그리운 것이다.

시골에 있을 때는 음력 이월 그믐에 접어들면, 제비가 들어와 둥지 틀 자리에 나무 판지 같은 것을 적당히 마련해 놓고는 맞이하곤 했다. 그러고는 아무 지장 없이 고이고이 새끼를 쳐 내가기를 진심으로 바랐다. 그 것은 제비가 들어와 새끼를 쳐야 그 집에 복이 든다는 전설을 염두에 두어서가 아니다. 나를 찾아 들어와, 내 방문 앞에 둥지를 틀고 새끼를 치는 것이 그저 귀엽고 사랑스러웠기 때문이다. 그래서 마치 내 가족처럼 귀엽고 사랑스러웠다.

하지만 서울 와서 살게 되면서부터는 아주 소원해지고 말았다. 나를 찾아 들어오는 놈이 있기는커녕 공중에 날아다니는 것조차 찾을 길이 없어

144

졌기 때문이다. 서울 살림을 처음 해보는 것도 아니요, 학생 시절부터 계산해보면 십유여 년은 살았을 것이다. 사실 그때는 집이라는 것도 없었고, 남의 집 방 한 칸을 빌려서 기숙하는 데 지나지 않았다. 그러니 특별히 관심이 있었다고도 할 수 없다. 그러던 것을 집을 얻고, 살림이라고 살게 되면서부터는 가족처럼 여기게 되었는데, 통 볼 수가 없으니, 마치 가족이 들어오지 않는 것처럼 마냥 그리운 것이다.

시골에선 제비가 안 들어오는 집을 흉가라고 한다. 그러고 보면 그놈이 참으로 이상하긴 하다. 안 들어오는 집은 영 안 들어온다. 특히 시골이라도 읍이나 고층건물이 번화한 거리에는 으레 들어오지 않는데, 농가 중에도 안 들어오는 집이 있다. 조금도 다름없는, 그 집이 그 집이나 마찬가지임에도 빼어놓는 집이 있는 것이다. 그러면 그 집의 그해 운은 좋지 않을 것으로 추측하는 것이 시골의 일반 상식이다. 그러나 그것이 어떤 흉수(兇數)를 말한다고 믿을 만한 근거는 없으니, 번화한 도시에 들어오지 않는 것처럼 그 집 어딘가에 그놈의 비위에 맞지 않는 뭔가가 필시 있을 것으로 생각할 수밖에 없다. 나는 그런 일을 직접 겪어본 적이 있다.

십여 년 전, 내가 파산당했을 때였다. 해마다 서재는 물론 건넌방, 큰방, 사랑방 할 것 없이 방이면 방마다 방문 앞 처마 밑 도리(서까래를 받치기 위하여 기둥 위에 건너지르는 나무) 쯤에다 세 쌍, 네 쌍, 심지어는 다섯 쌍, 여섯 쌍 그 수도 모를 만큼 들어와서 다투며 둥지를 틀던 것이, 그 해 따라 어느 방문 앞에도 깃을 들이지 않았다. 그저 들어와서는 처마 밑에 어떤 무서운 것이라도 있는 듯이 기웃거리다가 달려 나가 지붕 위를 빙빙 돌다 나가곤 했다. 또 간혹 마당을 가로질러 맨 빨랫줄에 앉되, 그것도 못 앉을 곳에 앉기라도 한 듯 날름하니 앉았다가 금방 다시 날아 나갔다. 서너 쌍이 봄내 그일을 반복하더니, 여름에 접어들면서 겨우 한 쌍이 서재 문 앞 처마 밑에 둥지를 틀고 새끼 한배를 쳤다. 그 이듬해도 마찬가지였다. 그러다가 집안이 다시 조용해진 삼 년째 되던 해 봄이 되어서야 방문 앞마다 쌍쌍이 들어와서 예전처럼 둥지를 틀었다. 이것이 이상하기는 했다.

제비란 놈이 사람의 집 문전에 둥지를 틀고 새끼를 치는 이유는 오직 사람을 믿고 자기를 해할 고양이라든지, 이런 모든 짐승의 위협으로부터 자기를 돌보아주리라고 믿기 때문이다. 그 때문에 새끼를 치려는 집에 불안한 빛이 보이게 되면 자기를 보호해줄 성의가 그 집에 없다고 생각하고 쉽게 집을 짓지 않는 것이다. 나는 한동안 그것에 대해서 깊이 생각해 본적이 있다. 하지만 제비가 대답하지 않는 한 영원한 숙제로 남을 수밖에. 이제껏 내가 제비를 못 잊는 것은 나를 찾아 해마다 들어오던 그 귀여움을 잊을 수 없기 때문이다. 또 내 집이 있게 된 후부터 몇백 년을 맞아 오던 그 제비를 맞지 못하는 섭섭함이 늘 마음에 남아 있기 때문이다.

서울에도 제비가 들어온다면 내 서재 문 앞에 해마다 집을 틀던 그 제비가 와 주었으면 한다. 하지만 내가 그 집을 떠난 후 그 제비 역시 필시 자리를 옮겨 뉘 집 문전에 깃을 들이고 그 집주인의 사랑을 받고 있을 것이다. 불현듯 다시 그 시골집 서재로 돌아가 그 제비를 불러다 놓고 책을 들고 앉아 보고 싶은 생각이 간절해진다.

—1939년 4월 《금융조합신문》

청공의 서(書)

_노자영

봄비가 개자 하늘은 더욱 푸르다. 이 청공(靑空, 푸른 하늘) 아래 나는 《청공의 서》를 읽기 시작하였다.

오스트리아 시인 메란티테의 〈청공〉이라는 단편이 있다. 그 작품의 주인공 파디는 병들어 세상을 떠나면서 외동딸 소레나에게 다음과 같은 유언을 남긴다.

"이 세상은 매우 험하다. 너를 유혹하는 자도 많고, 너를 죄의 구렁으로 이끄는 사람도 많을 것이다. 그럴 때면 언제든지 청공을 바라보아라. 그 청공같이 맑은 마음으로 신을 생각하고, 네가 갈 길을 생각하고, 너의 자리를 바라보아라. 그러면 너는 완전히 구원받을 수 있을 것이다."

그 후 소레나는 마음이 어지러울 때나 괴로울 때면 항상 청공을 바라보았다. 그리고 청공 같은 마음으로 온갖 허위와 유혹과 모든 우수(憂愁)

에서 벗어났다.

청공——그것은 매우 아름다운 존재다. 나도 이 청공을 바라보며 불우의 여생을 보내보자. 이미 불행하게 태어나고. 재주 없이 태어나고, 능력 없이 태어난 나인지라, 탄식하면 뭐하며, 아득바득 헤맨들 뭐하랴. 그도 모두 나의 운명이니, 이미 나의 선 자리에서 유유자적하며 청공을 바라보고 유쾌하게 살아보자. 검은 유혹도 피하고, 모든 허욕도 버리고, 항상 저 청공처럼 맑고 빛나게 지내고 싶다.

청공——오히려 거기에는 별이 있고, 시원한 달과 구름산이 있지 않은가. 이 마음에도 별과 같은 아름다운 재주와 달과 구름 같은 능력이 있기를 원하지만, 그것이야 어찌 바랄 것인가?

——1938년 수필집《인생안내》

＊비가 내리고 나면 하늘빛이 더욱 깨끗해진다. 마치 어린아이가 얼굴 가득히 미소를 짓고 있는 듯한 느낌이다. 그걸 계절로 표현하면 봄을 닮았다. 아름다운 꽃과 맑은 구름, 그리고 샛별이 빛나는 봄날의 하늘. 이렇듯 봄은 설렘과 사랑의 계절이기도 하다.

노인과 꽃

_ 정지용

　노인이 꽃나무를 심는 것은 무슨 보람을 위하심이오니까. 등이 굽으시고, 숨이 찬데도, 그래도 꽃을 가꾸시는 모습을 뵈오니, 손수 공들인 가지에 붉고 빛나는 꽃이 맺으리라고 생각하오니, 희고 흰 나룻(수염)이나 주름살이 도리어 꽃답소이다.

　나이 이순(耳順)을 넘어 오히려 여색(女色)을 기르는 이도 있거니, 실로 누(陋, 추함)하기 그지없는 일이옵니다. 빛깔에 취할 수 있음은 빛이 어느 빛일는지, 청춘에 맡길 것일는지도 모르겠으나, 쇠년(衰年, 늙어서 점점 쇠약하여 가는 나이)에 오로지 꽃을 사랑하심을 뵈오니 거룩하게도 정정하시옵니다.

　봄비를 맞으시며 심으신 것이 언제 바람과 햇빛이 더워지면 고운 꽃봉오리가 촉(燭, 등잔) 불 켜듯 할 것을 보실 것이매, 그만큼 노래(老來, '늘그막'을

_{점잖게 이르는 말})의 한 계절이 헛되이 지나지 않은 것이옵니다.

노인의 고담(枯淡, 글이나 그림 따위의 표현이 꾸밈이 없고 담담함)한 그늘에 어린 자손이 희희(嬉戲, 탄식함)하며, 꽃이 피고, 나무와 벌이 날며, 잉잉거린다는 것은 여년(餘年, 앞으로 남은 인생)과 해골을 장식하기에 이렇듯 화려한 일이 없을 듯하옵니다.

해마다 꽃은 한 꽃이로되, 사람은 해마다 다르도다. 만일 노인 백 세 후에 기거하시던 창호(窓戶, 창과 문의 통칭)가 닫히고, 뜰 앞에 손수 심으신 꽃이 난만할 때 우리는 거기서 슬퍼하겠나이다. 그 꽃을 어찌 즐길 수가 있으리까. 꽃과 주검을 실로 슬퍼할 자는 청춘이요, 노년의 것이 아닐까 합니다. 분방하게(奔放——, 규칙이나 규범 따위에 구애받지 아니하고 제멋대로임) 끓는 정염이 식고, 호화롭고도 횃횃한 부끄럼과 건질 수 없는 괴로움으로 수놓은 청춘의 웃옷을 벗은 뒤에 오는 청수(淸秀, 얼굴이 깨끗하고 준수함)하고, 고고하고, 유한하고, 완강하기 학(鶴)과 같은 노년의 덕으로서, 어찌 주검과 꽃을 슬퍼하겠습니까. 그렇기에 꽃이 아름다움을 실로 볼 수 있기는 노경(老境, 노년)에서일까 합니다.

멀리멀리 나―땅끝에서 오기는 초뢰사의 백목단
그중 일 점 담홍빛을 보기 위하여

의젓한 시인 폴 클로델(Paul Claudel, 프랑스의 시인)은 모란 한 떨기를 만나기 위하여 이렇듯 멀리 왔다니, 제자 위에 붉은 한 송이 꽃이 심성(心性)의 천

진과 서로 의지하며 즐기기에는 바다를 몇 개씩 건너오는 것보다 미옥(美玉, 아름다운 구슬)과 같이 연마된 춘추(春秋, 어른의 나이를 높여 이르는 말)를 지니어야 할까 합니다.

실상, 청춘은 꽃을 그다지 사랑할 바도 없을 것이며, 다만 하늘의 별물 속의 진주 마음속에 사람을 표정하기 위하여 꽃을 꺾고, 꽃을 선사하고 찢고 하였을 뿐 아니었습니까. 이 또한 노년의 지혜와 법열을 위하여 청춘이 지나칠 수 없는 연옥(煉獄, 죽은 사람의 영혼이 천국에 들어가기 전에 남은 죄를 씻기 위하여 불로써 단련받는 곳)과 시련이기도 하였습니다.

오호, 노년과 꽃이 서로 비추고 밝은 그 어느 날 나의 나룻도 눈과 같이 희어질 것이니, 나머지 청춘에 다시 설레나이다.

—1941년 《백록담》

우이동의 봄을 찾다
_차상찬

—— 한식, 동풍에 비 오듯 눈물을 흘리다

4월 6일. 우리 청년당은 우이동으로 봄맞이 원족(遠足, 소풍)을 가기로 했다. 이는 단순히 수석이나 흐드러지게 핀 앵두나무 꽃구경을 위해서가 아닌 모든 이가 사모하는 의암 손병희(3 · 1운동 당시 민족대표이자 천도교 3대 교주), 선생의 유각(遺閣, 살아생전 살았던 집)과 유택(幽宅, 무덤)을 한번 찾기 위함이었다. 나 역시 당원의 한사람으로서 거기에 참가하게 되었다.

전날 밤 어떤 기념식 여흥에서 '고름놀음'인가 '재판놀음'인가 하는 골계극(滑稽劇, 가벼운 희극의 한 형태. 유머가 섞여 있지만 익살스러운 거짓말과 터무니없는 과장이 많은 것이 특징이다)에 밤 11시까지 참여한 후 출출한 배를 채우려고 몇몇 친구와 함께 아는 음식점에 갔다가 오전 2시가 되어서야 귀가한 나는 겨우 네 시간을 자고 오전 6시에 일어나서 아침을 먹었다.

춘파(春坡, 천도교의 대표적 문화운동가 박달성의 호.《개벽》의 편집장이자《신여성》과《학생》의 발행인이기도 했다) 군이 찾아와 함께 회사(개벽사)로 갔다. 그때 시각이 8시 20분이었다. 도보로 가는 사람들은 이미 떠났고, 기차로 가는 사람들만 남아 있었다. 춘파와 나는 매우 활발한 척하며 장담하기를 원족에 기차를 타고 가는 것은 원족이 아니라 근족(近足)이니, 우리는 도보로 가자고 하였다. 그러나 대부분이 먼저 떠났기에 그들과 동행하기 위해서는 부득이 임시응변으로 축지법을 써야만 했다.

우리는 탑골 공원 앞에서 전차를 타고 창경궁 앞까지 갔다. 차에서 내리니 먼저 온 사람들이 길가에서 기다리고 있었다. 우리는 거기서부터 그들과 함께 도보로 가기로 했다. 천천히 걸어서 전석고개(혜화동 로터리에서 삼선교로 넘어가는 고개)를 넘으니, 성 밑에 누런 잔디는 밤이슬에 속잎이 나고, 길가의 버들가지는 아침 바람에 흔들흔들 춤을 춘다. 그렇게 해서 동소문을 나서니 성안보다는 공기가 훨씬 더 상쾌하였다.

봄은 아침이요, 가을은 저녁이라더니, 봄날 아침 경치는 그야말로 훌륭했다. 낙타 등과 같은 산봉우리 사이에 새로 솟는 햇볕과 빼곡한 송림 속에 한가로이 우는 새소리와 풀 위에서 자유로이 뛰노는 송아지와 버들빛 꽃향기, 그 모든 것이 다 무르익어 봄의 흥미를 끌지 않는 것이 없었다.

그럭저럭 미아리에 당도했다. 이곳은 성의 동쪽에 사는 사람들의 공동묘지 소재지인데, 마침 한식날이기도 했다. 그래서인지 무덤 주위로 많은 사람이 보였다. 백사청송(白砂靑松, 흰 모래와 푸른 소나무라는 뜻으로, 흰 모래톱의 사이사이에 푸른 소나무가 드문드문 섞여 있는 바닷가의 아름다운 경치를 이르는 말)이 사라진 산의 낮은 언덕에 점점이 산재한 흙무덤 앞에는 사람들이 삼삼오오 모여서 성묘도 하고 새로이 벌초도 했다. 소복마냥 단정하게 차려입고 슬프게 곡을 하는 청상과부도 있고, 사랑하는 자식을 생각하고 슬프게 우는 백발의 노옹도 있었으며, 부모나 혹은 사랑하는 아내를 생각하며 가슴 태우는 청년도 있었다.

온 산은 울음의 천지와 눈물의 바다로 바뀌었다. 제물 냄새를 맡고 이 산 저산으로 휩쓸려 날아다니는 까마귀 소리도 슬프거니와 잘려나간 꽃 가지에 피눈물을 토하는 두견새 소리 역시 구슬펐다. 인생 백 년에 뉘라서 이 북망산천을 능히 면할 수 있을까마는, 그 광경을 볼 때 어찌 동정의 눈물을 흘리지 않을 수 있으랴. 더구나 먼저 떠난 부모님에 대한 눈물이 아직 남아 있는 나로서는 고향 선산을 구름 밖으로 덤덤히 바라볼 때 한 층 더 그리움에 눈물을 감출 수 없었다.

──시골 주점의 여자와 더불어 웃다

이런 생각 저런 생각을 하던 중 발길이 어느덧 수유동에 닿았다. 촌가의 술집에 매달린 등은 나그네를 반가이 맞는 듯 동풍에 흔들렸다.

에라, 세상만사 모든 일이 술 없이 되지는 않나니, 우선 술이나 한잔마셔 보자며, 춘파에게 넌지시 눈짓을 던졌다. 그러나 우리 두 사람은 주머니가 항상 빈 놈들이요, 또 일행이 워낙 많은 까닭에 먼저 술집에 들어갈 용기가 나지 않았다. 그러나 목은 컬컬하고, 두 주먹은 불끈거리니 어찌 하랴.

그때 최후의 제갈량 이상으로 기기묘묘한 계책 하나가 번쩍 떠올랐다. 둘이 서로 붙어서 다니되, 뒤로 떨어져서 쉬는 척하며 일행을 슬슬 떨쳐버린 뒤 돈 있는 사람을 만나면 그를 어떻게든 떠밀어서 술을 먹자는 것이었다. 그리고 이 계책은 꼭 들어맞게 되었다.

송정(松亭, 소나무 정자) 아래서 잠시 다리를 쉬노라니, 일행 대부분이 먼저 지나간 후 전의찬 군이 혼자서 마지막으로 왔다. 그는 몸도 통통하거니와 주머니도 통통해 보였다.

우리는 "옳다! 되었다"며 그에게 당장 주국토벌(酒國討伐, 술 나라를 무력으로 정복함)의 군자금을 담당하라고 청구하였다. 쾌활한 전 군은 즉시 이를 승인했고, 함께 주점으로 들어갔다. 그곳은 남자가 술을 파는 곳이었다. 비록 이성은 없으나 술맛도 좋고 돼지고기 같은 안주 맛도 좋았다. 나물과 김치도 맛있었다. 그렇게 해서 우리는 각자 다섯 잔씩 마시고 나왔다. 조금 전까지 울적하던 마음은 온데간데없었다. 한 해 봄을 우리가 모두 차지한 것만 같았다.

걸음도 활발해지고, 이야기 소리 역시 자연 커졌다. 새소리와 꽃봉오리가 모두 우리를 위해 생긴 것만 같았다. 향기로운 풀 가득한 들판에 소 먹이는 목동의 피리 소리도 한가롭게 들리고, 희고 맑은 물이 흐르는 골짜기에서 빨래하는 여자들도 하나같이 곱게 보였다.

우리는 가오리천(加伍里川, 지금의 서울 강북구 수유동 우이초등학교 일대)을 건넜다. 그런데 길가 어떤 집 문간에 연분홍 저고리에 동자 머리를 한 여자가 언뜻 보였다. 이성에 굶주린 우리의 눈은 일시에 그 집으로 초점이 모여

들었다. 점점 가까이 당도해보니 그 집 역시 주점이다. 술은 별로 더 먹을 생각이 없었으나 이성이 있다는 생각에 우리 셋은 자연스럽게 그 집으로 들어갔다.

여자는 대략 스물대여섯 살쯤 되어 보이는데, 시골 주점의 여자치고는 비교적 하이칼라였다. 얼굴도 얼추 미인이었다. 안주는 나물밖에 없고, 술은 탁주뿐인데, 술에다 물을 탔는지 물에다 술을 탔는지 매우 싱거웠다. 주인이 노파였으면 한잔이 즉시 이별주가 되었겠지만 그래도 젊은 여인인 까닭에 손안의 비지떡으로 서너 잔씩 마셨다. 그야말로 입은 없는데 병아리 궁둥이만 봐도 살이 찐다고 술맛은 없지만 여러 가지 수작이 매우 재미있었다. 비윗살 좋은 춘파 군이 전날 밤 골계극을 할 때 차고 있던 종이 주머니를 그대로 차고 그 속에서 콩을 자꾸 꺼내서 그 여자에게 주는 것도 한 웃음거리가 되었다.

잠시 후 우리는 그곳을 떠나 다시 우이동으로 향했다. 비록 잠시 주점에서 만난 여자라도 인정이란 참 우스운 것이다. 돈을 위하여 그러든지 무엇을 위하여 그러든지 그 여자도 우리가 가는 것을 섭섭하게 여기는 듯이 문간에서 한참이나 바라보았고, 우리 역시 그 여자를 자꾸 돌아다보았다.

—— **오호, 만산의 앵두꽃은 누구의 봄을 위한 것이냐**

한화휴제(閑話休題, '쓸데없는 이야기는 그만하고'라는 뜻으로, 글을 쓸 때, 한동안 본론에서 벗어난 이야기를 써 내려가다가 다시 본론으로 돌아갈 때 쓰는 말) —— 군소리가 길었다.

우리는 가오리를 지나 우이동 입구에 비로소 들어섰다. 우이동은 원래 산이 높고 골이 깊은 까닭에 서울 시내보다 보통 일주일쯤 늦게 꽃이 핀다. 서울에도 목련꽃, 할미꽃 외에는 아직 꽃 소식이 잠잠하거니, 우이동이야 어찌 꽃구경하기를 바랄까.

만산의 꾀꼬리와 벚꽃은 아직 잠자는 듯하고, 이 골 저 골에서 흐르는 물소리만 잔잔하게 들려온다. 또 도봉이나 망월의 흰 구름은 의연히 배회하고, 도선암(道詵庵)의 쇠북 소리는 먼 바람에 전해온다.

봉황각, 두견정은 의구하게 있다만, 선생(의암 손병희)의 모습은 다시 뵐 수 없고, 다만 7척 높은 무덤에 새싹이 드문드문 피어날 뿐이다. 언젠가 이곳에서 선생이 노닐고, 시를 읊조리고, 바른 길을 논하며, 이 사람 저 사람의 뜻을 모아 국가와 민족을 위해 몸과 마음을 다하여 나라를 염려하던 생각을 하면, 비록 오랜 세월이 지났을지라도, 어느 누군들 옷깃을 여미며 눈물을 흘리지 않으리.

그러나 선생의 주의(主義 굳게 지키는 주장이나 사상)가 살아 있고, 선생의 정신이 살아 있는 이상, 선생의 육신은 비록 청산의 한 줌 황토가 되었을지라도 장생불사하여 북한산의 높은 봉우리가 한주먹 돌이 되고, 한강의 큰 물줄기가 상전(桑田, 뽕밭)이 될지라도 오만 년 무궁토록 영원히 생존할 것이다. 우리는 끝없이 슬픈 마음을 품은 가운데 선생의 묘소를 참배하고 또 그 앞에 모여 앉아서 선생에 관해서 이런저런 이야기를 나누며 봉황각으로 내려갔다. 더러는 계곡에서 탁족도 하고, 정원에서 화초 구경을 하는 이도 있었다. 그런 후 나물과 푸성귀로 점심을 맛있게 먹고, 오후에 두견정에서 다시 모이기로 하고 흩어졌다.

──두견정 위로 석양이 걸치다

오후 3시쯤 우리 일행은 다시 두견정에 모였다. 이곳은 선생이 평소 활을 쏘던 곳이다. 이름은 두견정이지만 진달래도 아직 볼 수 없고, 두견새 소리 역시 들을 수 없었다.

일행은 그곳에서 술도 먹고, 춤도 추고, 노래도 하며 각종 놀이를 즐겼다. 그러다가 어언간 석양이 산에 걸치게 되고, 뭇 새들이 날아들기 시작했다. 모임을 마무리해야 할 시각이었다.

잠시 후 기차로 갈 사람들이 먼저 떠났다. 돌아가는 길에도 천연 자동차를 타기로 한 춘파 군과 나만 그다지 바쁘지 않았다. 그러나 적적한 산중에 두 사람만 남아 있을 이유는 없었다. 이에 우리 역시 즉시 출발하였다. 도중에 봉곡 군과 몇몇 친구를 만나긴 했지만, 그들과는 그 이상 인연이 없었다. 그들은 계속해서 가던 길을 열심히 갔다.

춘파와 나는 끝까지 동행하였다. 한데 그 씩씩한 춘파 군도 구두가 좁아서 발이 아프고, 여러 날 바빴던 탓에 오늘은 매우 피곤해 보였다. 그래서인지 전쟁에서 지고 난 뒤 해산한 병사처럼 기력 없이 다리를 절름거렸다. 비교적 나만 멀쩡했다. 그렇게 해서 우리는 집까지 함께 돌아왔다. 시간은 벌써 오후 8시가 되어 있었다.

─1926년 4월 〈개벽〉

봄은 어디 오나

_이태준

봄은 어디 오나?

봄은 산에도 오고, 강에도 오고, 또 사람 가슴속에도 온다고 합니다.

봄은 그처럼 아무 곳에나 옵니까?

아니요. 봄은 그처럼 아무 곳에나 오지 않습니다.

봄은 가만히 보면 아주 고귀한 안손님 같습니다. 그 때문에 반드시 올 곳을 생각하고 옵니다. 아무 곳에나 내려와 앉지 않습니다.

봄은?

봄은 봄 뒤에 오지 않습니다. 여름이 지나간 자리에도 오지 않습니다. 봄은 가을바람의 슬픈 울음소리에도 오지 않습니다. 겨울의 죽음 긴 겨울의 침묵이 지루하게 지나간 뒤에야 봄은 겨우 찾아옵니다.

봄은 죽음 위에 옵니다. 침묵 위에 옵니다. 그 산과 그 강들이 모두 죽음과 침묵의 무덤이 되었을 때 봄은 그 위에 내려앉습니다.

어쩌다 잘 다니지 않던 골목을 지나는 길에 뉘 집 울타리 안에 꽃핀 것을 봅니다. 그럴 때마다 나의 놀람은 그보다 더한 슬픔이 없습니다.

'벌써 꽃이 피었구나! 나는 무엇에 팔려 꽃핀 것도 모르고 사나!'

더구나 미풍처럼 가벼운 나비가 나는 것을 볼 때 나는 그만 길 위에 주저앉을 듯한 내 몸의 무거움과 텁텁함을 느끼곤 합니다. 또 슬피 탄식하곤 합니다.

봄은 겨우내 죽었던 개나리 나무에 왔습니다. 또 겨우내 침묵하였던 나비에게도 왔습니다. 그러나 겨우내 까불거리고 겨우내 지절거린 내겐 오지 않습니다. 아니, 모른 체하였습니다.

아아, 좀 더 침묵, 좀 더 욕심을 참으며 살자면서도 해마다 무엇에 팔려 사는지 봄이 오는 줄도 모르고, 덤비고, 허둥거리고 지내다가는 내 가슴 속에는 봄을 느껴 보지도 못하고 남의 집 울안에 핀 한 가지 개나리에서 봄을 만난다는 것은 정말 가슴 아픈 일입니다. 정말 지나간 생활에 침을 뱉고 싶은 아픔입니다.

봄은 아무 곳이나 오지 않습니다.

봄은 나를 모른 체하였습니다.

그것은 몹시 서운한 일입니다.

아쉽고 아름다운 안손님이 내 집 문전만 쓰러뜨리고 그냥 지나친 것처럼 몹시 서운한 일입니다.

—1931년 4월 《신여성》

복사꽃

_이태준

차를 타고 가다가도 복사꽃(복숭아꽃)이 핀 동네나 복사꽃이 핀 집 울타리 안을 들여다보며 지나갈 때는 그 동네 그 집이 마치 우리 고향 우리 집처럼 그리워집니다.

무릉도원이란 말이 있습니다. 오늘의 파라다이스란 말이나 마찬가지겠지요. 이것을 보면 옛날 사람들도 복사꽃을 볼 때 마음속으로 평화를 느꼈나 봅니다.

복사꽃은 볼수록 평화스러운 꽃이올시다. 복사꽃처럼 고요한 꽃은 없을 것입니다. 복사꽃은 시골 처자처럼 고요하고 아름다운 꽃입니다. 술집 마당에 피는 살구꽃이나 동물원 같은 데 피는 벚꽃처럼 난(亂, 무질서하거나 어수선함)하지 않고, 민요 정조에 어우러지지 않고, 찾는 사람에게만 보이려는 듯이 고요한 양지에서 나비와 더불어 즐기는 복사꽃이야말로 꽃

중의 천사일 것이외다.

복사꽃은 고요히 서서 들여다보면 꽃송이마다 무리가 서는 것처럼 눈이 아른아른하여 환상을 자아내는 동양 정조를 혼자 맡은 꽃이외다.

복사꽃은 진실로 동양의 꽃일 것이외다. 벚꽃이나 살구꽃이 술과 여자를 그리게 하는 꽃이라면 복사꽃은 시와 고인(古人, 옛날 사람)을 그리게 하는 고전풍의 꽃이외다. 그 때문에 지상에서 선인(仙人, 신선 혹은 도를 닦는 사람)을 찾는 듯한 동양인의 낙원을 상징하는 동양적인 꽃이라고 생각합니다. 이러한 복사가 과원(果園, 과수원)의 발달로 인해 오직 열매로 말미암아서만 재배되고 꽃으로서는 절종(絕種, 생물의 씨가 아주 없어짐)되려는 것은 매우 가엾은 일이라고 생각됩니다.

—**1935년 4월**

수 목

_이태준

　몇 평 안 되는 마당이나마 나무와 함께 설 수 있음은 얼마나 감사한 일
인가! 울타리 삼아 심은 수십 그루의 앵두나무를 비롯해 감나무, 살구나
무, 대추나무와 모란, 백화(白樺, 자작나무) 한두 그루. 이는 우리 집 모든 식
구가 다 떠받들어 옳은 귀한 손님들이다.

　이들은 우리에게 꽃을 주고, 열매를 주며, 푸른 그늘과 맑은 향기를 준
다. 그러나 우리에게서 받는 것은 아무것도 없다. 가물면 물을 좀 주고,
추우면 밑동(나무줄기에서 뿌리에 가까운 부분)을 짚으로 감싸주는 것쯤은, 그들
이 우리에게 주는 아름다움과 맛있음, 향기롭고 서늘함에 비해 아무것
도 아니다. 실로 아무것도 아닌 것이다. 어느 친구, 어느 당자(當者, 어떤 일에
직접 관계가 있거나 관계한 사람)인들 우리에게 이렇듯 하염없이 주기만 하고 받
는 것 없음에 태연할 것인가. 이처럼 자연이 나무를 통해 우리를 기르고

우리를 가르침은 너무도 크다.

나무들은 아직 묵묵히 서 있다. 봄은 아직 몇천 리 밖에 있는 듯하다. 그러나 나무 아래 가까이 설 때마다 나는 진작부터 봄을 느낀다. 아무 나무나 한 가지 휘어잡아보면 그 도톰도톰(보기 좋을 정도로 알맞게 작으면서도 두꺼운 모양) 맺혀진 눈들이 하룻밤 세우(細雨, 가랑비)만 내려주면, 하루아침 따스한 햇발만 쬐면 곧 꽃이 피리라는 소곤거림이 한 봉지씩 들어있는 것이다.

봄이여, 어서 오라!

겨울나무 아래를 거닐면 봄이 급하다.

우리 식구들은 앵두가 익을 때마다, 대추와 감을 딸 때마다 마당을 우리에게 선물하고 간 그전 주인을 생각하곤 한다. 더구나 감나무는 우리가 와서부터 첫 열매가 열렸으니, 그들은 나무만 심고 열매는 한 번도 따지 못한 채 떠난 셈이다. 그러다 보니 남의 밭에 들어가 추수하는 것만 같아 미안하기 그지없다. 이를 두고 나는 몇 번씩이나 프랑스 어느 작가의 《인도인의 오막살이》라는 이야기를 떠올렸다.

진리를 찾기 위해서 세상 여기저기를 돌아다니던 한 학자가 있었다. 하지만 그 뜻을 이루지 못한 채 집으로 돌아가는 길에 그만 폭풍우를 만나고 말았다. 다행히 한 인도인을 만나 그의 오막살이(오두막처럼 작고 초라한 집)로 피할 수 있었다. 오막살이의 주인은 '파이리아'라는 인도 최하급의 천민으로, 그의 삶은 문화와는 거리가 한참 멀었다. 그러나 학자는 그로부터 어느 고승거유(高僧巨儒, 덕이 높은 승려와 학식이 많은 선비)에게서도 얻지 못했던 진리의 실마리를 얻게 되었다. 그들의 대화 중 다음과 같은 구절이 아직도 기억에 남는다.

"……나는 어디서 무슨 열매를 주워 먹든 반드시 그 씨를 흙에 묻고 옵니다. 그건 그 씨가 나서 자라면 내가 다시 와서 따 먹자는 것이 아닙니다. 누가 와서 따 먹든 상관없습니다. 오직 그렇게 하는 것이 하늘의 뜻을 따르는 것이기 때문입니다."

이 얼마나 거룩한 일인가!

우리 마당의 그 전 주인도 '파이리아'처럼 하늘의 뜻에 순응하려 이 마당에 과일 씨를 묻은 것은 아닌지 모르겠다. 여하튼, 그들이 보기 좋고, 맛있고, 또 따는 재미도 좋은 여러 가지 과일나무를 우리에게 물려주고 간것은 우리 식구에게 있어 절대 잊을 수 없는 은혜와도 같다.

그러나 나는 가끔 생각을 달리해 얼마간의 불만을 느끼기도 한다. 지나친 욕심인지는 모르겠지만, 그 전 주인이 작은 나무 여럿을 심었음에 만족하지 못하는 것이다. 따먹는 것은 없더라도 작은 나무 여러 그루보다는 큰 나무 한 그루 밑을 거닐어보고 싶기 때문이다.

나무는 클수록 좋다. 그리고 늙을수록 좋다. 잔가지에 꽃이 피거나, 열매가 열어 휘어짐에 한두 번 바라볼 만한 아취(雅趣, 고아한 정취)를 모름이 아니다. 하지만 내가 쓰다듬어줄 수 있는 작은 나무보다는 나와 내 집, 마당을 푹 덮어줘 나로 하여금 어린아이처럼 동그래진 눈으로, 늘 나 자신의 너무나 작음을 살피며 겸손히 그 밑을 거닐 수 있는 멧부리(산등성이나 산 봉우리의 가장 높은 꼭대기)처럼 높이 솟은 나무가 그립다.

현인(賢人) 장자(長者, 덕망이 뛰어나고 경험이 많아 세상일에 익숙한 어른)들이 살던 마을이나 그들이 거닐던 마당에는 흔히 큰 나무가 서 있음을 본다. 이충 무공이 살던 온양의 한 마을에서도 절벽처럼 훤칠하게 솟은 두 그루의 은행나무가 반은 고목이 되어 서 있는 것을 보았다. 나는 충무공이 쓰던 칼이나 활, 어느 유품보다도 그 한 쌍의 은행나무가 더 반갑고, 그것에 더 고개가 숙어졌다. 비록 늙기는 하였지만, 아직 살아 있는 나무였다. 말이 야 있건 없건 충무공과 더불어 한때를 같이한 것으로 아직껏 목숨을 가 진 자—그 두 그루의 은행나무뿐이다. 나무는 긴 세월을 보내며 자랄 만 큼 자랐다. 서 있는 곳이 워낙 언덕이라 여간한 팔심으로는 풀매를 쳐 그 어느 나무의 상가지도 넘길 것 같지 않았다. 그러나 그렇게 높고 우람한 거목이기 때문에 더 좋았다. 아무리 충무공이 손수 심으신 것이라 하여 도 그 나무가 잡다한 상나무나 반송(盤松) 따위로 석가산(石假山, 정원 따위에 돌을 모아 쌓아서 조그마하게 만든 산)의 장식 거리나 될 것이었으면 그리 귀할 것 이 없다. 대무인(大武人)의 면목답게 허공에 우뚝 솟기를 산봉우리처럼 하 였으니 머리가 숙어지는 것이었다.

다못(다만), 한 그루의 나무라도 큰 나무 밑에서 살고 싶다. 입맛을 다시 며 낮은 과목 사이에 주춤거리는 것보다는 빈 마음, 빈 기쁨으로 오직 청 풍이 들고날 뿐인 휘영청 한 옛 나무 아래를 거닒이 얼마나 더 고상한 표 정이랴! 여름에는 바다처럼 깊고 푸른 그늘 속에 살고, 가을에는 마당과 지붕이 온통 그의 낙엽으로 묻힌 가운데 살고 싶다. 이 얼마나 풍성한 추수이랴! 또 겨울밤엔 바람 소리가 얼마나 우렁찰까! 풍금의 가장 높은 울림일 것이다. 실낱같은 목숨이나마 그런 큰 나무 밑에서 쉬면서 먼 하늘의 별빛을 바라보며 앞날을 생각하고 싶은 것이다.

—1944년 수필집《무서록》

*《무서록(無書錄)》—상허 이태준은 '시에는 정지용, 소설에는 이태준'이란 말이 나돌 정도로 1930년대 우리 문단을 주름잡던 뛰어난 문학가였다. 하지만 월북 작가라는 이유만으로 지금까지 제대로 평가받지 못했다. 그가 쓴 수필집《무서록》역시 그런 이유로 한동안 사장되다시피 했다.

《무서록(無書錄)》은 '순서 없이 쓴 글'이란 뜻으로, 제목에서부터 수필의 특성이 고스란히 드러나 있다. '수필'이란 붓 가는 대로 쓰는 글이란 뜻이니,《무서록》은 제목으로 보나, 내용으로 보나 그야말로 자유롭게 읽을 수 있는 수필집이다.

그에 앞서《무서록》에는 탁월한 명문장가로서의 그의 진가가 고스란히 드러나 있다. 그만큼 소재와 대상의 속성을 곱씹고 표현하는 그의 글솜씨는 빼어났다. 그 때문에 산, 바다, 수목 등 자연과 사물을 통찰한 그의 글을 읽다 보면 아름답다, 섬세하다는 말이 저절로 나온다.

봄과 나

_ **김남천**

　봄은 일 년 중 나를 가장 지배하는 계절이다. 또한 정열에 불을 달아 나를 공상의 세계로 날게 하는 가장 매혹 있는 계절이기도 하다. 공상의 날개에 몸을 맡겨 현해탄을 건너게 한 것도 봄이었고, 위대한 몽상에 붙들려 학업을 중단하고 서울로 돌아오게 한 것도 봄이었다. 고향에서의 일 년 넘는 칩거 생활 중 문학에 관한 용기를 심어준 것도 봄이었다. 그리하여 봄은 내게 있어 항상 청춘의 계절이다.

　다시 봄을 맞고 있다. 이 봄부터는 창작을 한다. 하지만 몽상의 계절이 가져다주는 열정치고는 너무도 빈약하기 그지없다. 한 봄 또 한 봄을 지내는 동안 나는 청춘을 상실하는가 보다.

─**1937년 4월 《조선문학》**

얼마나 자랐을까, 내 고향의 라일락

_김남천

승용차의 뚜뚜 — 소리에 육중한 흰 대문이 좌우로 열리고 조약돌을 깨무는 소리를 내면서 차가 스르르 굴러 들어간다. 그리고 현관 앞에서 신사와 숙녀를 떨어뜨리고 그 앞을 빙 돌아 다시 낮은 고동을 띠 — 한번 울리고는 언덕진 정원의 구부러진 길을 돌아 대문 있는 쪽으로 미끄러져 간다.

조약돌을 깔아 놓은 흰 길을 가운데로 오른쪽으로 비스듬히 언덕이 져서, 그곳에 작은 못이 있고, 단풍과 소나무, 벚나무, 잣나무, 진달래와 또 이름 모를 가지각색의 나무가 이발하고 면도한 두발같이 매끈히 하늘을 찌르고, 둥글게 땅에 붙어 혹은 꾸부러져서 잔디밭 위에 그늘을 만들고 혹은 허리를 굽히고 못 속에서 물을 마시고 있다.

이쪽 편 흰 벤치를 두 개 놓은 곳에 등(藤, 등나무 줄기)이 구부러져 올라가

지붕을 만들고, 못을 향해 서 있는 등롱(燈籠, 등)은 수위(守衛, 경비를 맡은 사람) 모양으로 움직이지 않는데, 날쌘 셰퍼드가 풀 포기를 쑤시며 이리 뛰고 저리 뛰고 한다. 간간이 새 소리, 저편 후원에서 탁구 채를 쥐고 달아 오는 영양의 명랑한 웃음, 바람에 불려오는 듯 피아노 소리—

더위에 허덕이며, 모자를 벗어 부채질하면서 이런 정원 앞을 지나다가 힐끔힐끔 대문으로 들여다보는 때가 있다. 홍진만장(紅塵萬丈, 햇빛에 비치어 붉게 된 티끌이 높이 솟아오름)의 시정(詩情, 시적인 정취) 가운데 있으면서도 오히려 티끌과 먼지와는 인연이 먼 정원의 명랑한 향훈과 청신한(맑고 산뜻함) 공기를 호흡할 수 있는 특이한 심장과 폐를 상상하면서— 땀과 먼지에 축처진 양복바지를 끌면서—다시 게딱지 같은 자기 집을 향해 걷기 시작하는 것이다.

사실 '정원'하고 일컬을 뜰 안을 거닐어 보지도 못한 우리가 이 속의 풀과 나뭇잎과 샘물의 서늘한 맛을 능히 상상이나 할 수 있을 것이냐!

다섯 평도 채 안 되는 세모 혹은 네모난 땅 조각에 대문과 마주 서서 변소가 있고, 그 옆으로 장독대, 물독, 나무 후간(광. 세간이나 그 밖의 여러 가지 물건을 넣어 두는 곳), 그리고 두 줄, 세 줄 가로 세로로 매어 놓은 쇠줄에는 명태같이 꿋꿋한 와이셔츠의 팔 부분을 꺾어서 매달린 부인네의 속옷 중 심지어는 방 걸레조로, 구멍 뚫어진 양말, 삼과(三科)의 미술품 같고 초현실파의 회화 같은 지저분한 풍경—골목에서 떠드는 조무래기 아이들의 재잘거리는 소리를 귀를 막을 듯이 피하여 들어오는 내 집 대문 문턱을 넘어서자 맥고모자(밀짚모자)를 벗기듯이 떨어뜨리는 빨래를 얼굴에 들쓰는 일이 우리의 정원이 주는 첫인사가 아닌가!

어디 나무 한 가지가 있고, 풀 한 포기가 있을 것이냐! 어디 폐를 씻는 청신한 향훈이 있고, 땀을 그으는 한 조각의 그늘이 있을 것이냐!

태양도 이 뜰 안에서는 공평을 잃고, 구름 한 점 없는 코발트색의 창공도 이 속에서는 광윤(廣潤, 광채)을 잃는다. 마비된 신경에서 안정을 잡아 찢는 '무드렁사리요'의 소리, 숨을 매이게 하는 굴뚝의 연기, 이것이 우리의 정원이다. 그러나 이 정원에도 황혼은 온다. 초하(初夏, 초여름)의 밤, 산산한 바람이 대청에 기어든다. 이때, 처마 끝에 달이 매달린 것을 보면서 비로소 나는 휴— 한숨을 쉬고 내 마음의 한 모퉁이에서 찾아보고자 하는 여유를 갖는 것이다. 빈약은 하나 마음대로 하늘은 볼 수 있는 뜰, 내 고향 내 집의 뜰을.

올 이른 봄에 고향에서 친구와 함께 종달새 둥지를 내리려고 산을 넘고 들판을 헤매어 다니다가 헛물을 켜고 돌아오는 길에 라일락을 세 포기 떠가지고 와서 뜰 안쪽 한 구석에 심었다. 우리 시골에는 이 꽃나무가 매우 흔해서 산마다 '개똥아리(보잘것없거나 천하거나 엉터리인 것을 비유적으로 이르는 말)' 천지다. 나는 이 강렬한 방향(芳香, 좋은 냄새)을 가진 꽃이 필 때 강을 건너 산중을 방황하는 것을 매우 좋아했다. 그래서 이튿날부터 물을 주고 그것이 피기만을 오매불망 기다렸다.

오월! 그것은 연한 자줏빛으로 피어나고, 그 향기는 내 방까지 흘러들어와서 나의 머리를 취하게 하였다.

고향을 떠난 지도 어언 40일. 달을 보며 산산한 바람이 볼을 스칠 때면,

나는 그 뜰을 그려 보며 혼자 생각에 잠긴다. '뜰에 심고 온 라일락은 지금 쯤 얼마나 컸을까' 하고.

—**1935년 5월**

---

　* 김남천 — 우리에게 '김남천'이란 이름은 낯섦 그 자체다. 평남 성천에서 천 석꾼이자 군청 공무원의 아들로 태어난 그는 1929년 일본 〈호세이대학〉에 입학 하면서 임화 · 안막 등과 함께 〈카프〉 동경지부에 참가했다. 하지만 1931년 제1 차 카프 검거 때 체포되어 2년의 실형을 받고 복역 중 병보석으로 풀려났지만, 아 내가 두 딸을 남겨둔 채 스물넷이라는 어린 나이에 죽는 불행을 맞는다.

　이후 고발문학론 · 모럴론 등 사회주의 리얼리즘 이론을 개척하면서 창작활 동을 병행하였다. 하지만 그 역시 상허 이태준과 마찬가지로 월북을 했다는 이 유만으로 한때 그 이름조차 언급되지 못했다. 꼭 필요한 경우에는 이름 한 글자 를 지우고 언급해야 했을 정도다. 그러다가 1987년 6월 항쟁 이후 이름을 되찾 고 전집이 출간되는 등 재조명되고 있다. 대표작으로 장편《대하》, 중편《맥》,《경 영》등이 있다.

산나물

_노천명

　먼지가 많은 큰길을 피해 골목으로 든다는 것이 걷다 보니 부평동 장거리로 들어서고 말았다. 유달리 끈기 있게 달려드는 여기 장사꾼 아주머시들이 으레, 또 "콩나물 좀 사 보이소. 예, 아주머니요, 깨소금 좀 팔아주이소." 하고 잡아당길 것이 뻔해, 나는 그들을 피해 빨리빨리 달아나듯이 걷고 있었다. 그러나 눈만은 길가에 널려 있는 물건들을 놓치지 않고 보고 있었다. 그중 한곳에 이르자, 내 눈은 어떤 아주머니의 보자기 위에가 붙어서 떨어지지 않았다. 거기에는 산나물이 가득 쌓여 있었다. 순진한 시골 처녀 같은 산나물이 콩나물이며 두부, 시금치 틈에서 수줍은 듯이, 그러나 싱싱하게 쌓여 있는 것이었다.

　엄방지고('건방지다'의 사투리) 먹음직스러운 접중화(접시꽃)가 가장 먼저 눈에 들어왔다. 그 밖에 여러 산나물도 낯이 익다.

마치 고향사람을 만났을 때처럼 반갑다. 원추리(산나물의 종류)와 접중화는 산소 언저리에 많이 난다. 또한 봄이 되면 할미꽃이 가장 먼저 피는데, 이것 또한 웬일인지 무덤 옆에 많이 핀다.

바구니를 가지고 산으로 나물 뜯으러 가던 그 시절이 얼마나 행복했는지 그 당시에는 알지 못했다. 예쁜이, 섭섭이, 확실이, 넷째는 모두 다 내 나물 친구들이었다.

활나물, 고사리 같은 것은 깊은 산으로 들어가야만 꺾을 수 있다. 뱀이 무서웠던 내게 섭섭이는 부지런히 칡 순을 꺾어서 내 머리에다 번갈아 꽂아주며, 이것을 꽂고 다니면 뱀이 못 달려든다고 했다.

산나물을 캐러 가서는 산나물만 찾는 것은 아니다. 우리는 이 산 저 산 뛰어다니며 뻐꾹채(국화과에 속하는 여러해살이 풀)를 꺾고, 싱아(마디풀과에 속하는 여래해살이 풀)를 캐고, 심지어는 칡뿌리도 캐었다. 칡뿌리를 캐서 그 자리에서 먹는 맛이란 또 얼마나 맛있던지. 그러다가 꿩이 푸드덕 날아가면 깜짝 놀라기도 했다.

그 그리운 고향에 언제나 다시 갈 수 있을까. 고향을 떠난 지 30년. 나는 늘 내 기억에 남은 고향이 그립고, 오늘처럼 이런 산나물을 대하는 날에는 더욱 고향 냄새가 물큰하니 마음을 찔러 어쩔 수 없이 만들어 놓는다.

산나물이 이렇게 지천으로 날 때쯤이면, 봄은 이미 무르익을 대로 무르익었을 때다. 그러니 냉이니, 소루쟁이(마디풀과에 속하는 여래해살이 풀)니, 달래는 한물 꺾인다.

산나물을 본 순간, 나는 그것을 사고 싶었다. 그래서 나물을 파는 아주머니 앞으로 와락 다가서다가, 그만 또 슬며시 뒤로 물러서지 않으면 안 되었다. 생각해보니 산나물을 맛있는 고추장에다 참기름을 쳐서 무쳐야만, 그래서 거기다 밥을 비벼서 먹어야만 맛이 있는 법인데, 내 집에는 고추장이 없다. 그야 아는 친구 집에서 한 보시기쯤 얻어올 수도 있겠지만, 고추장을 얻어서 나물을 무쳐서야 그게 무슨 맛이 나랴. 그러니 싱겁게 물러서는 수밖에 없었다.

진달래도 아직 꺾어보지 못한 채 봄은 완연히 왔다. 그런데 내 마음속 골짜기에는 아직도 얼음이 녹지 않았다. 그래서일까. 내 마음은 아직도 춥고, 방안에서 나가고 싶지가 않다. 모두가 을씨년스러울 뿐이다.

시골 두메(도회에서 멀리 떨어져 사람이 많이 살지 않는 변두리나 깊은 곳) 촌에서 어머니와 함께 달구지를 타고 서울로 올라오던 그때부터 나는 이미 에덴동산에서 내쫓긴 것이다. 그리고 칡 순을 머리에다 꽂지 않고 다닌 탓인가, 온갖 뱀이 내게 달려들어 숱한 나쁜 지혜를 심어주고 말았다.

10여 년 전 같으면 고사포(高射砲, 말을 쉬지 않고 계속해서 떠듦)를 들이댔을 미운 사람을 보고도 이제는 곧잘 웃고 흔연스럽게 대해줄 때가 있다. 하지만 그 순간이 지나면 아찔해지곤 한다. 풍우난설(風雨亂雪, 고통과 시련)의 세월과 함께 내게도 꽤 때가 끼었다.

깊은 산속에서 아무 거리낌 없이, 자연의 품에서 퍼질 대로 퍼지다 자랄 대로 자란 싱싱하고 향기로운 이 산나물 같은 맛이 사람에게도 있는 법이건만, 요즘 세상에 산나물처럼 순수한 사람을 만나기란 매우 힘든 일인 듯하다. 모두가 억세고, 꾸부러지고, 벌레가 먹고, 어떤 이는 가시까지 돋아있다. 어디, 산나물 같은 사람 없을까?

―1953년 3월 25일

* 노천명 ― '사슴'의 시인으로 불리는 노천명은 여성시인의 불모지였던 1930년대 우리 시단에 모더니즘의 경향을 지니면서도 고향(황해도 장연)의 민족 고유어에 바탕을 둔 전통적인 정서의 시를 발표하며 사실상 현대 한국 여성시의 출발을 알렸다. 그러나 일제 말기 친일시 파문과 6·25 당시의 부역 혐의로 6개월간의 감옥생활을 하기도 했다. 또한, 재생불능성 빈혈로 인해 거리에서 쓸쓸한 죽음을 맞는 비운의 삶을 살았다.

흰 저고리를 즐겨 입고 평생 독신으로 지냈던 그녀는 말 그대로 '사슴'의 시인이었다. 사슴은 곧 그녀 자신이었기 때문이다.

모가지가 길어서 슬픈 짐승이여
언제나 점잖은 편 말이 없구나.
… (중략) …
관(冠)이 향기로운 너는
무척 높은 족속이었나 보다.
어찌할 수 없는 향수에
슬픈 모가지를 하고 먼 데 산을 바라본다.

-노천명, 〈사슴〉 중에서

목련

_노천명

　아침에 눈을 뜨자마자 문갑(문서나 문구 따위를 넣어 두는 가구) 위의 목련을 바라봤다.

　그윽한 향기가 방안에 가득 넘치는 것 같다. 재치 있는 붓끝으로 곱게 그려진 것 같은 미끈하고 탐스러운 잎사귀며, 그 희고 도톰한 화판(꽃잎)이며, 불그레한 꽃술(꽃의 수술과 암술을 아울러 이르는 말)이며, 보면 볼수록 품이 있고, 고귀한 꽃이다. 그리고 무척 동양적이다.

　여학교 시절 자수 시간에 족자에다 이 목련이란 꽃을 수놓아 본 일이 있다. 그러나 눈앞에서 보기는 처음이다. 지난 주일에 명륜동 조카 집에 놀러 갔더니, 돌아올 때 선효가 정원에서 꺾어 준 꽃이 이 목련이다. 전차와 버스를 타고 오는 동안 이 꽃을 위해 나는 얼마나 고생을 했는지 모른다.

어쩌면 이처럼 점잖은 꽃이 있을까? 몇 번을 감탄하고도 오히려 남음이 있어 좋은 벗이라도 와서 함께 보았으면 싶던 차에 오늘 아침 선희가 와서 이 꽃을 보고 늘어지게 찬사를 던지고 갔다.

흰 나리꽃이 꽃 중에는 으뜸가는 줄 알았더니, 목련은 한층 더 격이 높음을 본다. 이에 목련을 조용히 바라보고 있으면 옷깃이 여며진다.

사람도 이처럼 그윽하고 품위 있어지고 싶건만, 향기를 지닌 사람이 된다는 것 역시 쉬운 일이 아니다.

—1956년

---

* 바야흐로 봄은 꽃의 계절이다. 사람과 마찬가지로 꽃들 역시 봄이 되면 겨우내 움츠렸던 몸을 피운다. 봄의 전령사 개나리를 시작으로 진달래와 벗꽃이 흐드러지게 피어난다. 아찔한 향을 내뿜는 아카시아와 라일락 꽃 무리의 향연 역시 봄이 아니고는 볼 수 없다. 그중 압권은 골목길마다 담 너머로 화사하게 피어나는 목련이다.

학창시절 즐겨 부르던 노래 속에 목련은 얼마나 눈부시고 아름다웠던가.

'목련꽃 그늘 아래서/베르테르의 편질 읽노라/… 돌아온 4월은/생명의 등불을 밝혀 든다/빛나는 꿈의 계절아/눈물어린 무지개 계절아'

봄은 이렇게나 아름답고 눈부신 계절이다.

한식(寒食)

_노천명

날씨가 이처럼 쾌청한 걸 보면 눈이 부셔 마음이 파라솔처럼 접혀 드는 수밖에 없다. 우렁이 속을 파고들듯이 속을 파고 내 생각은 기어들어 간다.

아침나절 찾아온 어떤 친구는 자기 어머니 산소에 개초(蓋草, 무덤 위에 잔디로 지붕을 이는 일)를 하러 시골엘 간다고 한다. 갈 수 없는 어머니 산소를 가진 나는 어디로 가야 옳으랴. 청명(淸明, 이십사절기의 하나. 춘분과 곡우의 사이에 들며, 4월 5일 무렵)을 맞은 내 가슴속 골짜기에선 비가 내린다.

내일이 한식(寒食, 동지 후 105일째 되는 날로 양력으로는 4월 5일 무렵. 설날·단오·추석과 함께 4대 명절의 하나로, 일정 기간 불의 사용을 금하며 찬 음식을 먹는 고대 중국의 풍습에서 시작됨)이라는 말을 듣고, 용정이를 시켜 성당에 제 언니 용자의 연미사(죽은 이를 위한 미사)를 내일 아침에 드려 달라고 부탁하게 했다. 그러자 작년 이

맘때는 용자가 살아 있던 것을 생각하니 갑자기 마음이 우울해졌다.

일전에 앞집 아이가 원족(遠足, 소풍)을 갔다가 할미꽃을 파 가지고 와서 뜰에 심는 것을 보고 곧 진달래와 살구꽃도 피겠다 싶었는데, 어느 틈에 벚꽃이 만발했다고 한다. 하지만 나는 꽃이 눈에 띌 것을 겁내고 있다.

숙(淑)이가 밖에 나갔다가 들어오더니, 사람들이 길에 어찌나 많은지 걸음을 맘대로 걸을 수 없더란다. 많은 사람 틈 속에서 용자 또래를 볼 것이 나는 또 두렵다. 그도 그럴 것이 길을 가다가, 혹은 기차 안에서 그 또래의 젊은 아가씨를 보면 가슴이 철렁하고 내려앉아 두 번 다시 그쪽을 보지 못한다. 어서 세월이 흘러 내 마음에서 이 슬픈 기억들이 가시어졌으면 하지만, 한편으로도 또 이 생생한 슬픔과 평생 함께하고도 싶다.

진달래를 꺾어 들고 용자의 무덤이라도 찾아가 실컷 울었으면 속이 후련할 것 같건만, 나는 이조차도 멀리서 그리워만 해야 할 모양이다.

대지엔 봄이 복사꽃과 함께 타는 듯 만발한 데, 나는 왜 오늘도 이렇듯 무겁게 가라앉아서 저 푸른 하늘 아래 노래를 찾지 못하는지 모르겠다.

—1948년 4월 7일

5월의 구상

_노천명

　여학교 때 자수를 가르치던 선생님 말씀이 "수를 놓다가 가끔 눈을 들어 파란 잔디밭이나 푸른 나무를 바라보면 그 푸른빛이 눈의 피로를 덜어준다."고 했다.

　그때부터 나는 정신없이 수를 놓다가도 가끔 머리를 불쑥 들고는 푸른빛이 도는 곳에 시선을 주곤 했다. 푸른빛을 찾지 못할 때는 쪽빛 하늘가라도 잠시 바라보다가 다시 눈을 거두었다. 이 습관은 학교를 졸업한 지 수십 년이 된 지금까지도 계속되어서 책을 보다가 또는 글을 쓰다가 가끔 눈을 들어 쪽빛 하늘가를 내다보거나, 하늘이 안 보일 때는 다른 것에라도 잠시 시선을 주었다가 거두는 버릇을 갖게 하였다. 그래서인지 아직 안경을 쓰지 않고도 책을 보거나 글을 쓴다.

　내 생각에는 푸른빛이 눈의 피로를 덜어주기도 하지만, 마음의 피로 역시 덜어주는 듯하다. 그래서 속이 상하면 항상 푸른 나무 꼭대기를 바라보곤 한다. 누군가의 얼굴을 바라본다든지, 거리를 내다보는 것보다 훨씬 더 마음이 편안해지기 때문이다. 만일 그것이 녹음(綠陰, 푸른 나뭇잎의 그늘) 사이라든가, 푸른 숲이면 그 효과는 더 말할 나위 없다. 푸른 나무를 보는 동안 더할 나위 없이 마음이 윤택해지고, 누구나 선남선녀(善男善女)가 되기 때문이다. 그러니 거리마다 숲을 이루어 놓는다면 시민들의 마음 역시 한결 더 부드러워지지 않을까.

고목 같은 나무에서 연연하게(눈에 보이는 것처럼 아주 뚜렷하게) 움이 트고 여기서 나온 새싹이 파랗게 신록을 이룰 무렵이면, 사람들의 가슴은 말할 수 없이 부풀어 오른다.

일찍이 아름다운 5월이 있었거니와, 5월은 영원히 사람과 더불어 즐거운 달이 될 것이다.

이 신록의 계절이 좋아진 것은 예닐곱 살 때부터였다.

봄이면 온천을 즐겨 찾는 어머니를 따라 송화(松禾)라는 곳을 자주 찾곤 했는데, 정원으로 들어가는 길 양쪽에 내 키와 비슷한 작은 나무들이 나란히 서 있었다. 특히 거기에는 애순(나무나 풀의 새로 돋아나는 어린싹)들이 유난히 예쁘게 돋아나 있었다. 어린 마음에 그것이 어찌나 고왔던지 어머니에게 그 나무의 이름을 물었다. 그러나 본디 서울 출신인 어머니는 그 나무 이름을 알지 못했다. 그러자 함께 갔던 아주머니가 '스무나무(느릅나뭇과에 속한 낙엽 교목)'라고 일러주었다. 아마 그때부터 꽃보다 신록을 더 좋아하게 된 듯하다.

나는 꽃이 피면 어서 빨리 지라는 사람이다. 그 어지럽고 생포(生捕, 산 채로 잡음)하는 것만 같은 요기(妖氣, 요망하고 간사스러운 기운)를 감당하기 어렵기 때문이다. 대신 푸른 잎을 보면 눈이 씻은 듯이 밝아지고, 갓 스무 살 된 아가씨처럼 가슴이 마구 뛴다.

이렇듯 내 마음이 즐겁기 때문인지 일 년 중 내 얼굴이 가장 좋아지는 때 역시 5월이다. 그러나 나무를 그렇게나 좋아하면서도 집에 신록을 볼 나무는커녕 난초 한 포기 심지 못하고 살고 있다. 볕조차 들지 않는 한 평 뜰을 갖고는 그 어떤 재주도 피울 도리가 없기 때문이다.

이전에 어떤 이의 집을 찾다가 아담한 이 층 양옥이 모여 있는 곳을 지난 적이 있다. 아담하고 햇볕이 잘 드는 그 집이 매우 부러웠다. 이에 그곳을 얼른 지나치지 못하고 자꾸만 쳐다보았다.

내게도 그런 집이 꼭 하나쯤 있었으면 한다. 볕이 잘 드는 이 층, 그리고 창을 열어젖히면 푸른빛이 눈에 들어올 수 있는 정도의 정원…… 그래서 글을 구상(構想, 예술 작품을 창작할 때, 작품의 골자가 될 내용이나 표현 형식 따위에 대하여 생각을 정리함. 또는 그 생각)하며 거닐 수 있는 집을 꼭 하나 갖고 싶다. 창을 열어젖히면 푸른빛이 눈에 들어올 수 있는 뜰, 이는 적어도 내게 있어 틀림없는 하나의 향연(饗宴, 특별히 융숭하게 손님을 대접하는 잔치)이다.

복잡한 현실에서 우리는 가끔 눈을 들어 다른 곳을 바라보며 쉴 필요가 있다.

푸른 5월이 밀물처럼 들어온다.

—1954년

마음에 남는 풍경

_이효석

삼월 풍경처럼 초라한 것은 없다. 아직 봄도 아니요, 그렇다고 겨울도 아닌 반지빠른(말이나 행동 따위가 어수룩한 맛이 없이 얄미울 정도로 민첩하고 약삭빠름) 시절이다. 풀이 나고, 꽃이 필 때도 아직 멀고, 나뭇가지의 흰 눈은 알뜰히 사라져 버렸고, 이것도 아니고 저것도 아닌 반지빠른 풍경이 눈앞에 있을 뿐이다. 그러나 초라한 가운데 한 가지 아름다운 것이 있으니 하얀 백양나무(白楊—, 황철나무)의 자태다.

아침 일찍 출근하는 날이면 나는 대개 신문실 창기슭에 의지하여 수난로(水煖爐, 증기나 온수의 열을 발산하여 공기를 따뜻하게 하는 난방 장치)에 배를 대고 행길 건너편 언덕 위의 백양나무 무리를 바라봄이 일쑤다. 희고, 깨끗하고, 고결한 그 자태는 아무리 바라보아도 싫어지지 않는다. 그 무슨 그윽한 향기가 은은히 흘러오는 듯도 한 맑은 기품이 보인다.

나무치고 백화(白樺, 자작나무)나 백양만큼 아름다운 나무는 없을 법하다. 이 두 가지 나무를 수북이 심어 놓은 넓은 정원을 가진 집에 살아 보았으면 하는 것이 소원이다. 그러니 아직 원대로 못되니 학교 창으로나 맞은편 풍경을 실컷 바라보자는 심정이다.

요 며칠째 백양나무 아래편 행길(사람이 많이 다니는 큰 길) 위를 낯설은 행렬이 아침마다 지나간다. 불그칙칙한 옷을 입고 사오 명씩 떼를 지어 벽돌 실은 차를 끌고 어디론지 가는 형무소의 한 패다. 아마도 형무소 안의 작업으로서 구운 벽돌을 주문받아 소용(所用, 쓸 곳)되는 장소까지 배달해 가는 것인 듯하다. 한 줄에 매인 그들이건만 걸음들이 몹시 빨라서 구르는 수레와 함께 거의 뛰어가는 시늉이다.

행렬은 길고, 바퀴 소리는 아침거리에 요란하다. 군데군데 끼어 바쁘게 걷는 간수(교도관)들은 수레를 모는 주인이 아니요, 도리어 수레에게 끌리는 허수아비인 셈이다. 그렇게도 종종걸음으로 그 바쁜 일행을 부지런히 좇아가지 않으면 안 되는 듯이 보인다.

그때부터 아침마다 그 시각이면 그곳에는 그 긴 행렬이 변함없이 같은 모양으로 펼치곤 하였다. 그런데 하루아침, 돌연히 그 행렬에 변조(變調, 변화)가 생겼다. 구르는 수레 바로 뒤에 섰던 동행 한 사람이 어찌된 서슬인지 별안간 걸어가던 그 자리에 폭삭 고꾸라지는 것이 멀리 바라보였다. 창에 의지하였던 나는 무슨 영문인가 하고 뜨끔하여서 나는 모르는 결에 고개를 창밖으로 내밀었다. 그가 고꾸라졌을 때, 간수는 미처 일어나지도 못하고, 그는 쓰러진 채 그대로 수레에게 끌려 한참 동안이나 쓸려 갔다. 아마도 몸이 처음부터 수레에 매어져 있었던 모양이다.

이상한 것은 곁에 서 있던 간수가 끌려가는 그를 좇아 재빠르게 달려가는 것이었다. 그 시늉은 마치 쓰러진 사람을 거들어 일으키려는 것 같았다. 그러나 어찌된 서슬인지 쓰러졌던 사람이 별안간 벌떡 일어나서 여전한 자태로 수레를 따라가는 것이다. 그러자 간수는 또다시 그의 곁에 가까이 섰다.

변이라는 것은 그것뿐이었다. 그러나 이 삽시간의 조그만 사건은 웬일인지 마음속에 깊이 박혀 사라지지 않았다.

이상한 것은 쓰러진 사람과 간수와의 관계다. 간수의 조급한 거동이 단순히 쓰러진 사람을 일으키자는 것이었는지, 그렇지 않으면 도리어 그를 문책하자는 것이었는지, 그것도 아니면 당초에 그가 쓰러지게 된 것조차도 실상인즉, 간수의 문초 탓이 아니었는지 도무지 알바 없기 때문이다.

의아해 하고 있는 동안, 어느 결에 행렬은 시야의 범위를 벌써 지나가 버렸다. 참으로 이상한 한 폭의 풍경이었다. 어찌된 동기의 사건인지 그 까닭을 모르겠음으로 말미암아, 그 풍경은 한층 더 신비함을 더하여 가고 수수께끼를 던져준다. 아무리 생각해도 곡절 모를 노릇이다. 그 조그만 풍경이 오래도록 마음속에 남아 쉽사리 꺼지지 않는 까닭이다.

—1937년 5월 《조선문학》

한식일(寒食日)

_이효석

한식날 묘를 돌보고 돌아와 목욕재계하고 고요히 앉아 있으려니 눈물이 또 새로워진다. 사람은 이 더운 눈물을 가진 까닭에 슬픔을 단적으로 표현할 수 있고, 그럼으로써 무한한 슬픔을 얼마간 덜어 버리는 것인 듯도 하다.

다 큰 어른의 울고 있는 모습을 아무도 보고 있지 않음이 다행인지 불행인지 모르겠다. 무진장(無盡藏, 다함이 없이 굉장히 많음)으로 흘러내리는 눈물은 얼굴과 심정을 어지럽히는 것이요, 그칠 줄 모르는 눈물은 귀하고 아깝기도 하다. 눈물은 슬픔을 맑게 하고 깊게 한다.

아내를 잃은 지 석 달째. 비 오는 날이 가장 견디기 어렵다. 비는 사람의 마음을 모방하기 때문이다. 마음속에 비가 오듯 비도 오는 것이다. 모든 것을 적시고 속으로 깊이 배어든다. 눈물 뒤에 슬픔은 한층 더 깊고 날카롭게 속으로 파고든다.

인생은 쓸쓸한 것 — 깊고 쓸쓸한 것이라는 생각을 나는 가장 행복한 순간에도 느껴 왔다. 그러나 사랑하는 사람을 잃은 후 이 생각은 마음속 깊숙이 더욱 뿌리박히게 되었다. 결국, 인생은 쓸쓸한 것이니라, 깊고 외로운 것이니라. 그러나 어쩔 수 없는 노릇이다. 그저 그런 것이니까.

시인 친구는 조문(弔文, 죽은 사람의 생전의 공덕을 기리고 그의 명복을 비는 글)에다가 "우리에게 이상이 있다면 그것은 슬픔을 위하여 살아야 하는 것이외다." 라고 적어 보내왔다. 뭇 위로의 글 중에서 이것이 가장 마음에 배어서 잊히지 않았다. 경건한 마음이요, 놓은 해오(解悟, 도리를 깨달음)다. 나도 이것을 믿는 수밖에는 도리가 없다. 어쩔 수 없는 노릇이니까.

마음의 마지막 다다름이 슬픔인가보다. 날이 새도록 슬픔을 마음속에 응시하고 있노라면 별수 없이 나중에는 바닥이 넝마(낡고 해어져서 입지 못하게 된 옷, 이불 따위를 이르는 말)처럼 가라앉고야 만다. 저으면 일어났다가 오래되면 다시 가라앉는다. 결국은 영원히 바닥에 남는다. 마치 진하지 않은 정감의 원소인 듯.

남의 죽음을 들을 때나 소설의 죽음을 읽을 때는 슬프면서도 한구석으로 한 가닥 안도의 오솔길이 준비되어 있는 법이다. 아직도 내게는 무관하거니 해서. 그러나 몸소 이것을 당할 때 커다란 바위에라도 눌린 듯 벌써 도망갈 길이 없다. 마치 무쇠 몽둥이로 두들겨 맞은 듯도 하다.

죽음처럼 무자비하고 고집스러운 침묵은 없다. 세상에 '절대(絶對, 비교되거나 맞설 만한 것이 없음)'가 꼭 하나 있다면 곧 이것이리라.

유기체는 왜 반드시 분해되어야 하는지 애달픈 일이다.

절대의 침묵 앞에서는 환상도 하잘것없다. 불귀(不歸, 한번 가고는 다시 돌아오지 않거나 또는 돌아가지 아니함. 곧 죽음을 일컬음)의 사실을 알면서야 추억과 꿈이 무엇하자는 것이랴. 내게 만약 기도를 하는 습관이 있었고, 부활을 믿는 믿음이 있었다고 하더라도 슬픔을 지울 수 있을 것인가.

보고 만질 수 있는 것만이 사랑이다. 추억은 한층 안타깝고 서글플 뿐이다. 한 가지 진정제가 있기는 하다. 그것은 다시 유기체의 운명을 생각하는 것이다. 현재, 아직도 땅에 남아 있는 누구나를 말할 것 없이 모두 반드시, 마침내는 작정된 그 길을 떠나야 함을 생각함이다.

물론 나 역시 가야 할 것이다. 모든 인류의 세대가 차차 차차 그 뒤를 따를 것이다. 영원히 어두운 그 속에 절대의 침묵을 지키면서 간 사람과 함께 눕게 될 것이다. 그 총결산의 시간까지 짊어지고 가야 할 세금이 슬픔이다.

나는 죽음에 대해서 어느 정도 대담해졌는지도 모른다. 그러나 그지없이 답답한 마음을 가라앉히고 간 사람을 위로하려면 이것을 생각하는 수밖에는 다른 길이 없다.

　—1941. 4. 11 기(記)

—1941년 6월 《신세기》

에돔의 포도송이

_이효석

——**5월 여인의 머리**

여인의 눈을 지혜의 샘이라 하고 입을 열정의 보금자리라고 한다면 머리는——삼단 같은 검은 머리는 과연 무엇이라고 형용함이 옳을까.

"그대의 머리털은 포도송이, 에돔(Edom,《구약성경》에 나오는 나무가 없고 붉은 바위로 이뤄진 산악지역. 농업과 목축업이 부적합했지만, 무역에 있어서 매우 중요한 지역이었기 때문에 이곳을 차지하기 위해 치열한 전쟁이 여러 차례 벌어졌다. 지금의 이스라엘과 요르단 남쪽 지역)의 나라. 에돔 포도원에 드레드레(물건이 많이 매달려 있거나 늘어져 있음) 드리운 검은 포도송이다. 그대의 머리털은 레바논산 전나무. 낮에도 오히려 사자와 산적이 와서 숨을 만한 으슥한 레바논산 전나무다."

——살로메는 요한의 머리털을 이렇게 야단스럽게 형용하고 칭찬하였다. 그러나 오늘날에는 산발한 예언자의 자태를 찾아볼 수 없으니, 살로

193

메의 머리털이야말로, 여인의 머리털이야말로 이 형용을 받기에 충분하다.

기름을 발라 곱게 빗어 내린 머리처럼 운치 없는 것은 없다. 씻은 채로 말려서 수북이 일어선 머리 — 그야말로 에돔의 포도송이요, 레바논산 전나무요, 신비의 수풀이다. 머리털의 아름다움의 극치는 여기에 있다. 한때 천대받던 단발미의 재생을 이 점에서 바라고자 한다. 늘 깨끗이 씻어져 있는 파도 치는 긴 단발—에돔의 포도송이, 그 아름다운 수풀 속.

그 검은 포도송이의 배경으로 5월만 한 때가 없다. 아름다운 색채의 계절인 까닭이다. '무지개 속에서 에메랄드 부분만 오려온 듯'도 한 신선한 신록을 배경으로 하고 선 여인의 검은 머리야말로 일사천벽(一絲千碧, 한 오리의 실과 천 개의 푸른빛)의 값있는 것이 아닐까. 검은 머리, 흰 얼굴, 초록의 나뭇잎, 색색의 꽃, 여기에 금청(金靑, 청색과 금색이 섞임)의 하늘을 배치하고 한 숨의 부드러운 남풍을 더하여 오리 오리의 검은 머리카락을 간들간들 나부끼게 한다면 5월의 풍경으로 이보다 더한 것이 있을까. 그 여인의 눈보다도, 입보다도, 무엇보다도 먼저 나그네의 시선은 그 여인의 머리 위로 쏠리지 않을까.

—**1937년 5월 《여성》**

거리에서 만난 여자

_현진건

동아일보에 《적도(赤道)》를 연재할 때 있었던 일이다. 신문사에서 나와 집으로 가려고 종로 네거리를 지날 때였다. 갑자기 여자 목소리가 들려왔다.

"선생님!"

내 앞으로 오던 웬 여자가 나를 바라보며 부르는 것이었다. 한 번도 본 적이 없는 여자였다. 나는 아무 대답도 하지 못한 채 우두커니 서서 그녀를 바라보았다. 그리고 혹시 이 여자가 불량한 여자는 아닌가 하고 그 모양을 살폈다.

노랑 구두에 붉은 치마! 검정 명주 두루마기! 여우 목도리! 수수한 양머리! 분을 바르지 않은 얼굴! 여느 부잣집 귀부인처럼 보일 뿐 불량하게는 보이지 않았다.

'그럼, 이 여자는 도대체 누구일까.'

나는 여자의 정체가 궁금했다. 문득, 내 소설의 애독자 중 한 사람이 아닐까, 라는 생각이 들었다. 예전에도 나의 소설 애독자라는 여자들이 집과 신문사로 나를 찾아온 적이 있었기 때문이다. 그래서 이 여자 역시 그런 여자가 아닐까 하는 생각이 들었다. 그도 그럴 것이 최근 들어 〈적도〉의 팬임을 자처하는 여자들로부터 많은 편지가 도착하고 있었다. 이 여자 역시 그중 하나임이 분명해 보였다.

"선생님 이게 얼마 만이에요?"

여자가 생글생글 웃으면서 말했다.

"네, 참 오랜만이네요."

나는 나도 모르게 이렇게 대답하고 말았다.

"이렇게 길거리에서 말씀드리는 것도 예의가 아니니, 일단 저쪽으로 들어가시지요."

여자가 '대연관(大連舘)'을 손으로 가리키며 말했다. 나는 몇 번이나 사양했지만 하도 들어가자고 조르기에 할 수 없이 여자를 따라 그곳으로 들어갔다.

그런데 여자가 방안에 들어서자 갑자기 우울한 표정을 지었다.

"다시는 선생님을 못 만날 줄 알았어요. 그런데 여기서 선생님을 만날 줄이야. 만일 그때 제가 그 약을 조금만 더— 먹었다면 원산(元山)에서 만난 것이 마지막이었을지도 몰라요."

여자가 수수께끼 같은 말을 하며 눈물을 흘렸다.

나는 깜짝 놀라 눈을 동그랗게 뜨며 그녀를 쳐다보았다.

"실례지만, 잘 기억이 나지 않아서 그러는데, 누구신지?"

그제야 여자 역시 깜짝 놀란 표정을 지었다.

"선생님 혹시 백○○ 선생님 아니세요?"

기가 막혔다.

"아니요, 나는 현진건이라는 사람입니다."

"네! 원산에 살던 백 선생님이 아니라고요?"

"사람을 잘못 본 것 같습니다. 나는 원산에는 가 본 적도 없습니다."

"아이고, 이런 변이 있나!"

결국, 얼굴이 새파랗게 질린 여자는 도망치듯 그곳을 빠져나가고 말았다. 백모(白某)라는 사람이 나와 무척 닮은 모양이었다.

나는 살면서 별일이 다─있다며 웃고 말았다.

─1935년 4월 《조선문단》

이 상
현대 문학을 논할 때 결코 빼놓을 수 없는 시인이자, 소설가, 수필가, 모더니즘 운동의 기수, 건축가로
일하면서 수많은 작품을 발표하였으며, 전위적이고 해체적인 글쓰기로 한국 모더니즘 문학사를 개
척하였다. 주요 작품으로 소설 〈날개〉를 비롯해 시 〈거울〉, 〈오감도〉 등 수많은 작품이 있다.

김유정
1935년 소설 〈소낙비〉가 《조선일보》 신춘문예에, 〈노다지〉가 《중외일보》에 각각 당선되며 문단에 데
뷔하였다. 일제 강점기의 혹독한 현실 속에서 해학을 통해 어둡고 삭막한 농촌 현실과 농민들의 곤궁
한 삶을 담은 작품을 다수 남겼다. 〈봄봄〉, 〈금 따는 콩밭〉, 〈동백꽃〉 30편에 가까운 작품을 발표했다.

채만식
민족이 처한 현실을 풍자적이고 해학적으로 표현해 풍자소설의 대가로 불린다. 계급적 관념의 현
실 인식 감각과 전래의 구전문학 형식을 오늘에 되살리는 특유한 진술 형식을 창조했다. 주요 작
품으로 단편 〈레디메이드 인생〉과 〈태평천하〉를 비롯해 장편 《탁류》 등이 있다.

최서해
신경향파의 대표적 소설가. 몇 명의 엘리트의 눈으로 바라본 일부의 삶이 아닌 실제 체험을 통한
대다수 극빈층의 생활상을 날카롭게 표현해 그들의 울분과 서러움을 적나라하게 드러내고 있다. 이
에 그의 문학을 '체험문학', '빈궁문학'이라고 일컫는다. 주요 작품으로 〈탈출기〉, 〈홍염〉 등이 있다.

이광수
한국 근대 정신사 전개과정에서 중요한 역할을 했으며, 최초의 근대 장편소설 《무정》을 썼다. 1919년
'2・8 독립선언서'를 기초하고 상하이로 탈출, 임시정부 기관지인 《독립신문》의 주간으로 활동했지만,
친일 행위로 인해 그 빛이 바래고 말았다. 주요 작품으로 〈흙〉, 〈유정〉, 〈단종애사〉 등이 있다.

강경애
1931년 잡지 《혜성》에 장편 《어머니와 딸》을 발표하면서 등단하였다. 특히 1934년 《동아일보》에 연재
한 《인간문제》는 노동자의 삶을 예리하게 파헤쳐 근대소설사에서 빼놓을 수 없는 작품으로 평가받고
있다. 주요 작품으로 단편 〈지하촌〉, 〈채전〉 및 장편 《소금》, 《인간문제》 등이 있다.

김영랑
〈모란이 피기까지는〉의 시인. 잘 다듬어진 언어로 섬세하고 영롱한 서정을 노래하며 정지용의 감각적
인 기교, 김기림의 주지주의적 경향과는 달리 순수서정시의 새로운 경지를 개척하였다. 1935년 첫 번째
시집 《영랑시집》을 발표하였다.

박용철
잡지 《시문학》을 창간한 시인. 대표작으로 〈떠나가는 배〉, 〈밤 기차에 그대를 보내고〉 등이 있으며, 다
수의 시와 희곡을 번역하였다. 비평가로서 활약하기도 하였다. 계급문학의 이데올로기와 모더니즘의
경박한 기교에 반발하며 문학의 순수성 추구를 표방했다.

방정환
최초의 순수 아동잡지 《어린이》를 창간하고, 1921년 '어린이'라는 단어를 공식화했으며, 1923년 5월 1일
한국 최초의 어린이날을 만들었다. 이후 '세계아동예술전람회'와 '구연동화회'를 만드는 등 아동문학가
및 사회운동가로 활동했다. 주요 작품으로 《사랑의 선물》과 사후에 발간된 《소파전집》 등이 있다.

계용묵

단편 〈상환〉을 《조선문단》에 발표하면서 문단에 등장했다. 〈최서방〉, 〈인두지주〉 등 현실적이고 경향적인 작품을 발표했으나 이후 약 10여 년 간 절필하였다. 《조선문단》에 인간의 애욕과 물욕을 그린 〈백치 아다다〉를 발표하면서부터 순수문학을 지향하는 일관된 작품 경향을 유지했다.

이육사

일제 강점기에 끝까지 민족의 양심을 지키며 죽음으로써 일제에 항거한 시인. 1927년 조선은행 대구지점 폭파사건에 연루되어 3년간 옥고를 치렀다. 그때의 수인번호 264를 따서 호를 '육사'라고 지었다. 〈청포도〉, 〈교목〉과 같은 작품들을 통해 목가적이면서도 웅혼한 필치로 민족의 의지를 노래했다.

노자영

《백조》 창간 동인으로서 작품활동을 시작하였고, 잡지 《신인문학》을 창간해 후진 양성에도 힘썼다. 특히 시와 수필에 있어서 소녀적인 센티멘털리즘으로 일관하여 자신의 시에 '수필시'라는 특이한 명칭을 붙이기도 하였다. 주요 작품으로 시집 《처녀의 화환》을 비롯해 서간집 《나의 화환》 등이 있다.

정지용

시 〈향수〉, 〈유리창〉과 같은 서정성 짙은 시로 잘 알려진 시인. 참신한 이미지와 절제된 시어로 한국 현대시의 새로운 시대를 개척했으며, 박용철, 김영랑 등과 함께 '시문학파'를 결성해 활동하기도 했다. 주요 작품으로 시집 《정지용 시집》과 《백록담》을 비롯해 산문집 《문학독본》, 《산문》 등이 있다.

이태준

근대를 대표하는 단편소설 작가. 특히 단편소설의 서정성을 높여 예술적 완성도와 깊이를 높였다는 평가를 받고 있다. 구인회에 가담하였고, 이화여전 강사와 《조선중앙일보》 학예부장 등을 역임하였다. 주요 작품으로 수필집 《무서록》과 문장론 《문장강화》 및 다수의 소설이 있다.

김남천

카프 해소파의 주도적 역할을 하였고 사회주의 리얼리즘 논쟁에 대해서 러시아의 현실과는 다른 한국의 특수상황에 대한 고찰을 꾀해 모럴론 · 고발문학론 · 관찰문학론 및 발자크 문학연구에까지 이르는 일련의 '리얼리즘론'을 전개하였다. 대표작으로 장편 〈대하〉, 중편 〈맥〉 등이 있다.

노천명

이화여전 재학 중 시 〈밤의 찬미〉, 〈포구의 밤〉 등을 발표하였고, 그 후 〈눈 오는 밤〉, 〈사슴처럼〉, 〈망향〉 등 주로 애틋한 향수를 노래한 시를 발표하였다. 널리 애송된 대표작 〈사슴〉으로 인해 '사슴의 시인'으로 불린다. 주요 작품으로 시집 《산호림》과 《별을 쳐다보며》, 수필집 《산딸기》 등이 있다.

이효석

근대 한국 순수문학을 대표하는 소설가. 1928년 《조선지광》에 단편 〈도시와 유령〉을 발표하면서 등단하였다. 한국 단편문학의 전형적인 수작이라고 할 수 있는 〈메밀꽃 필 무렵〉을 썼다. 장편 〈화분〉 등을 통해 성(性) 본능과 개방을 추구하는 새로운 작품 및 서구적인 분위기를 풍기는 작품으로 주목받았다.

현진건

김동인, 염상섭과 함께 사실주의적 단편소설의 모형을 확립한 작가로, 사실주의 문학의 개척자로 평가받고 있다. 특히 아이러니한 수법에 의해 현실을 고발하고 역사소설을 통해 민족혼을 표현하고자 했다. 〈빈처〉로 인정받기 시작했으며 〈백조〉, 〈타락자〉, 〈운수 좋은 날〉, 〈불〉 등을 발표하였다.

이상 씨, 봄이 그렇게 좋아요?

초판 1쇄 인쇄 2017년 4월 3일
초판 1쇄 발행 2017년 4월 11일

엮은이 성재림
발행인 임채성
디자인 산타클로스

펴낸곳 도서출판 루이앤휴잇
주 소 서울시 양천구 목동 923-14 드림타워 제10층 1010호
전 화 070-4121-6304   **팩 스** 02)332-6306
메 일 pacemaker386@gmail.com
블로그 http://blog.naver.com/asra21
포스트 http://post.naver.com/my.nhn?memberNo=6626924

출판등록 2011년 8월 30일(신고번호 제313-2011-244호)

종이책 ISBN 979-11-86273-29-6   03810
전자책 ISBN 979-11-86273-30-2   05810

저작권자 ⓒ 2017 성재림
COPYRIGHT ⓒ 2017 by Sung Jae Lim
이 도서의 국립중앙도서관 출판시도서목록(CIP)은 서지정보유통지원시스템 홈페이지(http://seoji.nl.go.kr)와
국가자료공동목록시스템(http://www.nl.go.kr/kolisnet)에서 이용하실 수 있습니다.
(CIP제어번호: CIP2017005069)